Dave se mit à la dévisager intensément

"Combien d'hommes avez-vous connus à part Gavin?"

"Je ne sais plus... Gavin n'est tout de même pas le seul homme de l'île."

"Je voulais dire... intimement?"

"En quoi cela vous regarde-t-il?" fit Théa.

"En rien. Mais vous auriez dû attendre avant de vous lier à lui."

"Gavin est parfait!" s'écria-t-elle.

"Qu'en savez-vous?"

"Je n'ai pas besoin d'expérience pour le savoir!" hurla la jeune fille, hors d'elle.

"Drôle de raisonnement," sourit-il.

"Pourquoi me persécutez-vous ainsi?"

"Parce que je voudrais que vous changiez."

"Non, monsieur Barrington! Je me connais mieux que personne et personne, même vous, ne me fera changer!"

Dans Collection Harlequin

Kay Thorpe
est l'auteur de

AU SOLSTICE
D'ETE

Kay Thorpe

Collection ❖ *Harlequin*

PARIS • MONTREAL • NEW YORK • TORONTO

Publié en janvier 1984

© 1983 Harlequin S.A. Traduit de *The New Owner*,
© 1982 Kay Thorpe. Tous droits réservés. Sauf pour
des citations dans une critique, il est interdit de
reproduire ou d'utiliser cet ouvrage sous quelque forme
que ce soit, par des moyens mécaniques, électroniques
ou autres, connus présentement ou qui seraient inventés
à l'avenir, y compris la xérographie, la photocopie et
l'enregistrement, de même que les systèmes d'informatique,
sans la permission écrite de l'éditeur, Editions Harlequin,
225 Duncan Mill Road, Don Mills, Ontario, Canada M3B 3K9.

ISBN 0-373-49376-2

Dépôt légal 1er trimestre 1984
Bibliothèque nationale du Québec et Bibliothèque nationale
du Canada.

Imprimé au Québec, Canada—Printed in Canada

1

Il était plus de sept heures quand Théa déboucha sur le quai où le *Molly* s'apprêtait à appareiller. Elle appela l'homme de pont qui lui répondit en la saluant d'un sourire tout en retenant les amarres.

— Vous l'avez presque manqué cette fois-ci, lui lança-t-il avec un fort accent de l'ouest, tandis qu'elle se dirigeait vers la coupée que l'on abaissait pour elle.

— Ma montre s'était arrêtée. J'avais oublié de la remonter !

— Ceux qui ne sont pas montés à bord dans une minute restent à terre ! gronda une voix venant du rouf central. Tenez-vous-le pour dit !

— Merci de m'avoir attendue !

— Vous avez eu de la chance ! répondit-on sans amabilité.

Théa alla s'asseoir à bâbord, heureuse et détendue. Mais à ce moment précis, elle aperçut l'inconnu. Appuyé contre le bastingage, il s'était installé confortablement comme pour une longue traversée. Très brun, hâlé, il avait des traits réguliers et sur ses lèvres, flottait un sourire qui semblait ne s'adresser qu'à elle seule. Quand Théa comprit qui il était, toute sa gaieté s'envola. D'après ce que Gavin lui en avait dit, elle l'avait imaginé autrement. Il devait avoir trente-huit ans environ mais ne les paraissait pas du tout. Il avait une silhouette athlétique et son corps était harmonieusement musclé. Le nouveau propriétaire de Sculla ne ressemblait en rien à un fermier. Il était au contraire élégant, vêtu d'un pantalon fort bien coupé et d'une chemise assortie. Quant à ses mains, Théa fut surprise de leur finesse et de la longueur des doigts qui serraient avec force le rail métallique.

— Dois-je me présenter ? demanda-t-il soudain, révélant ainsi son accent d'Afrique du Sud. A moins que ma réputation ne soit déjà parvenue jusqu'ici ?

Théa, consciente d'avoir été trop peu discrète dans son critique examen, s'efforça de lui répondre le plus calmement possible.

— Je sais qui vous êtes, monsieur Barrington. Tout le monde le devinera vite, ici. Il y a tellement peu d'étrangers à Sculla, sourit-elle poliment.

— Sans terrain d'atterrissage et avec une traversée qui dure deux heures, ce n'est guère étonnant ! Un petit avion serait bien utile.

— Ou un hélicoptère, concéda-t-elle avec douceur. Vous n'auriez alors plus besoin de piste d'aviation. Quoique le Domaine puisse certainement se l'offrir !

Elle se mordit les lèvres, regrettant sa phrase.

— Je suis désolée, ajouta-t-elle. C'était impardonnable de ma part, ajouta-t-elle spontanément.

— Si c'était impardonnable, cela ne sert à rien de s'excuser, lui fit-il remarquer d'un ton froid. Mais de toute façon, vous avez raison. N'importe lequel de mes ancêtres ayant fondé le cartel Barrington a toujours très bien su s'y prendre avec les finances. Même des impôts considérables n'ont jamais réussi à amoindrir leur fortune !

Théa savait déjà tout cela mais M. Barrington, quant à lui, ne s'en doutait pas.

— Tout ce que je vous raconte là devrait mettre fin aux paris concernant l'avenir de l'île, poursuivit-il avec une franchise trop évidente pour n'être pas intentionnelle. Sculla gardera son indépendance !

— Vous dirigerez vous-même le Domaine ? s'enquit Théa.

— Je ne sais pas encore. J'ai aussi une propriété à Natal. Peut-être devrait-elle passer en premier...

— Vous avez raison ! approuva Théa avec un peu trop d'empressement.

Elle vit qu'elle s'était sottement trahie au léger froncement de sourcils de son interlocuteur. Pour se rattraper elle lança :

— Il serait normal que l'Angleterre ne vous attire pas. Après tout, vous n'y êtes pas né et vous n'avez donc aucune attache.

— Vous m'avez l'air diablement au courant de l'histoire de ma famille, ironisa-t-il. Je suppose que sur une île comme Sculla, ce n'est pas surprenant ! Il n'y a pas grand-chose d'autre à faire que de bavarder...

Il n'avait pas tout à fait tort. Mais Théa, pour sa part, ne s'était jamais ennuyée à Sculla alors que d'autres jeunes de son âge ne rêvaient que de vivre sur le continent. Les deux pubs de l'île et les rares soirées dansantes pouvaient difficilement rivaliser avec les nombreuses distractions de Penzance. Et pourtant, il y avait bien des choses à voir à Sculla quand on prenait le temps de les regarder ! Rien que les saisons apportaient de la nouveauté à qui avait de l'imagination et l'amour de la beauté. Théa appréciait la lenteur de la vie au village, agité parfois de petits drames. Tel ce déchirement qu'elle avait ressenti quand elle avait dû quitter l'île pour poursuivre ses études. Mais elle s'était consolée en pensant que ce diplôme de gestion lui permettrait plus tard de retourner à Sculla. Douglas Barrington lui avait en effet promis un poste au Domaine dès la fin de ses examens. Il y avait presque cinq ans maintenant qu'elle y travaillait mais, entre-temps, le propriétaire de l'île était mort et désormais, Sculla appartenait à l'homme assis en face d'elle. Gavin aurait pourtant tellement mérité cette maison, « sa » maison depuis bientôt vingt ans, même s'il n'était que le beau-fils de Douglas Barrington ! Non seulement le nouveau venu était un étranger, mais c'était aussi un usurpateur...

Les frères Barrington étaient âgés de trente ans environ lorsqu'ils s'étaient séparés. Grégory, le plus jeune, était parti pour l'Afrique du Sud où il avait fondé sa propre famille. Demeuré sans enfant à la mort de sa première femme, Douglas quant à lui s'était remarié avec une veuve, mère d'un garçonnet de huit ans. Mais le destin lui avait toujours refusé le fils qu'il souhaitait ; si bien qu'au fil du temps, Gavin avait remplacé ce garçon tant espéré. A vingt ans, après des années d'études sur le continent, Gavin était revenu à Sculla. Aux côtés de Tim Riley, le régisseur, il avait appris la gestion du Domaine et de ses finances dans le but éventuel de reprendre un jour la place du vieil homme.

La mort subite de Douglas, à l'âge de soixante-quinze ans, avait été un choc pour tout le monde sans exception. On l'avait toujours cru indestructible, et on ne s'attendait certes pas à ce qu'il soit terrassé par une soudaine crise cardiaque qui l'avait emporté très vite. Janine Barrington avait été très touchée par sa disparition, mais elle s'était effondrée en découvrant que l'île et le cartel revenaient de droit au fils unique du frère de Douglas. A présent, David Barrington était là et seul restait l'espoir qu'il ne s'accoutumerait jamais à cette vie. Théa savait que Sculla ne pourrait à aucun moment appartenir complètement à Gavin, mais elle souhaitait qu'il puisse au moins en garder le contrôle.

A la pensée de Gavin, son cœur s'emplit d'une douce chaleur. Il était si attentionné... Quelle chance d'être aimée de lui ! Ils se connaissaient depuis toujours et l'amour, lentement, s'était épanoui entre eux, fruit d'une mutuelle confiance. La première fois qu'il l'avait embrassée, Théa en avait été à la fois étonnée et inquiète. Pourtant, très vite l'incertitude du début s'était effacée. Ils avaient l'intention de se fiancer à Noël puisque la mère de Gavin leur avait donné sa bénédiction, toutefois avec quelque peu de réticence.

Assise sur le pont, Théa n'était pas consciente du soleil qui illuminait d'or ses boucles rousses. Plongée dans ses rêveries elle ne voyait pas le regard de David Barrington qui détaillait les traits fins et déliés puis, avec une certaine audace, glissait sur ses épaules et s'attardait sur le doux renflement de sa gorge que laissait deviner la fine chemise de coton. Ramenée brusquement sur terre, Théa croisa les yeux gris et faillit perdre son sang-froid. Elle avait l'horrible impression d'être déshabillée sous cet examen critique! Jamais auparavant cela ne lui était arrivé. Elle se reprit, leva la tête et le fixa avec sévérité. Un imperceptible sourire étira les lèvres de David.

— Je suppose que vous habitez toute l'année à Sculla, dit-il.

— Depuis toujours, répondit-elle froidement.

— N'est-ce pas trop isolé?

— Non, pourquoi en serait-il ainsi? rétorqua-t-elle.

— Je vous le demande...

— Tout dépend du caractère! Il y a des gens qui se sentent seuls en pleine ville, fit-elle en haussant les épaules.

— Il arrive qu'une ville soit un endroit très solitaire! Pour les gens de votre âge, il ne doit pas y avoir beaucoup de distractions, riposta-t-il.

— J'ai vingt-trois ans, répliqua-t-elle avec dignité, ces attractions ne sont plus de mon âge!

— Alors, que faites-vous le soir?

— Je me promène... et nous bavardons; tous les samedis soirs, nous avons une grande réunion.

— Passionnant! La vie à Sculla me paraît excitante...

Son ironie était évidente mais Théa préféra l'ignorer. Vu le personnage, le nouveau propriétaire ne resterait pas longtemps à Sculla, songeait-elle à part. Il devait aimer mener une vie trépidante remplie d'aventures au milieu de personnes sophistiquées. Il avait beau être fermier, il devait sans doute laisser le gros du travail à un régisseur. Il y avait sûrement quelqu'un qui s'occupait de sa ferme pendant son absence...

— Parlez-moi de Sculla, ordonna-t-il brusquement. J'en ai eu si peu de détails par les notaires, sauf à propos des finances ! Ils ont cru que j'étais au courant de tout.

— Et vous ne l'êtes pas ? demanda-t-elle étonnée, un peu méfiante. C'est une plaisanterie...

— Pas du tout ! Mais père ne m'a jamais rien confié du passé. Etant le plus jeune des deux fils, il avait été très marqué par la façon dont avait été rédigée la succession.

— Ce n'était pas un partage très juste, admit Théa. Pourtant, il ne peut y avoir qu'un maître à Sculla. Si vous étiez mort avant Douglas, votre fils aîné en aurait été l'héritier.

— Et si je n'avais eu que des filles ?

— Ç'aurait été alors aux avocats de trancher. Mais avec les lois modernes, je suppose qu'une fille aurait tout de même droit à l'héritage.

Il eut un large sourire.

— Oui, mais je ne suis pas marié ! Et je ne pense pas avoir d'enfant naturel, à ce que je sache !

— Monsieur Barrington ! Je me moque totalement de votre vie quelle qu'elle soit ! déclara Théa en le foudroyant du regard.

— Très bien, répliqua-t-il imperturbable. Les choses sont claires maintenant. Mais vous deviez me parler de Sculla.

Elle inspira profondément pour apaiser sa colère.

— Sculla est devenue privée à la fin du XVIIIe siècle, commença-t-elle avec le ton d'un professeur qui fait la classe. Les Barrington ne sont venus pourtant que vers 1800. On a prétendu que Harry Barrington avait gagné l'île en jouant aux cartes, on ne l'a cependant jamais vérifié. Il est plus probable qu'il l'a achetée à quelqu'un qui avait plus besoin d'argent que de terre. De toute façon, c'est lui qui a eu l'idée du cartel qui a donné son indépendance au Domaine. Seules les douze fermes payent un loyer et le village appartient et est entretenu par Whirlow.

— Whirlow ? demanda-t-il doucement comme s'il craignait d'interrompre son flot de paroles.

— C'est le nom de la maison, de « votre » maison. C'est Harry Barrington qui l'a appelée ainsi. Pourquoi ? Je n'en sais rien !

— Vous semblez très intéressée par l'histoire des Barrington, remarqua-t-il, intrigué.

Le moment était bien choisi pour révéler les liens qui l'unissaient à cette famille, mais Théa ne voulut pas profiter de l'avantage. Elle haussa les épaules.

— J'ai appris tout cela à l'école du village. Après tout, nous habitons Sculla et nous devons notre gagne-pain aux Barrington.

— Même vos parents ?

— Mon père, oui. Il est médecin.

— Il ne doit pas avoir trop de travail !

— Nous avons cent soixante habitants... Il n'est pas débordé, mais est tout de même très occupé !

Il hocha la tête, cette fois-ci sans moquerie.

— Depuis combien de temps votre famille habite-t-elle à Sculla ?

— Cela remonte à environ dix ans avant ma naissance. Mon père y est venu le premier. Ma mère a des parents à Saint-Mary et ils se sont rencontrés lors d'une visite de mon père à un malade. Ils se sont mariés trois semaines plus tard.

— Romantique...

— Oui, acquiesça-t-elle, c'est vrai. Ils avaient tous les deux quarante ans quand je suis née, ce qui est un peu âgé, mais je ne les changerais pas pour des plus jeunes !

— Etrange... murmura-t-il. Mon père aussi avait quarante ans quand je suis né et moi non plus, je ne l'aurais pas changé !

— Et votre mère ?

La question lui avait échappé sous l'emprise d'une curiosité inexplicable.

— Ils ont divorcé avant que je ne sois en âge de décider... expliqua-t-il d'une voix sourde.

Depuis qu'ils avaient quitté la rade, la brise avait fraîchi et Théa sortit de son sac un chandail qu'elle enfila. Tout ébouriffée, elle aperçut le regard gris posé sur elle et frissonna devant la gravité qui s'y reflétait.

— Y a-t-il quelque chose à boire sur ce bateau? questionna-t-il. Le voyage est tellement long!

— Il doit y avoir du café à la cuisine. Le capitaine George n'autorise pas l'alcool à bord, sauf pour des raisons médicales. Si vous voulez un petit verre de whisky, vous n'avez qu'à vous évanouir, suggéra-t-elle en souriant.

— Très peu pour moi! En revanche, je prendrais bien un café mais dans un endroit abrité. L'été est-il toujours aussi frais ici? s'enquit-il.

— A proprement parler, il commence dans trois semaines seulement. Mais de toute façon, il ne fait jamais très chaud le soir, en mer. Il y a un salon pour les passagers. Si vous le voulez, vous pouvez y descendre.

— Venez avec moi, proposa-t-il. Vous avez l'air d'avoir bien besoin d'une boisson chaude.

Théa faillit refuser mais songea qu'il ne servait à rien de vouloir fuir cet homme. Elle accepta.

La petite pièce était confortable, avec des sièges rembourrés et deux tables, vissées au sol. Jackson Taylor, le cuisinier, leur apporta ce qu'ils avaient commandé puis réclama sans vergogne une somme exorbitante. Théa préféra s'abstenir de commentaire sur le moment mais elle se promit d'avoir une explication avec le jeune employé. Personne ne souhaitait l'arrivée du nouveau propriétaire, c'était évident. Toutefois, ce n'était pas une raison pour vouloir le voler de façon aussi éhontée.

La houle s'était accrue et le *Molly* tanguait de plus en plus. Les yeux mi-clos, Théa observait son compagnon, guettant les signes avant-coureurs du mal de mer. Ce bateau était renommé pour rendre malades les meilleurs matelots. Seuls ceux qui avaient l'habitude de son roulis tout à fait spécial parvenaient à le supporter.

— J'ai voyagé sur des embarcations bien pires que celle-ci, déclara David Barrington à brûle-pourpoint et sans lever les yeux de sa tasse de café. Depuis, j'ai le pied marin !

— Tant mieux pour vous ! lança-t-elle, assez sèchement.

Théa n'avait pas l'intention de se laisser impressionner par la manière dont il lisait ses pensées. Elle enchaîna et demanda :

— Habitez-vous près de la mer ?

— Assez près pour m'y rendre très souvent. J'ai été élevé au Cap et les mers, là-bas, aguerrissent n'importe qui. Et vous, naviguez-vous ?

— Un peu. Mais les courants autour de Sculla sont dangereux. Votre oncle possédait un petit voilier dont personne ne s'est servi depuis sa mort.

— Il va falloir le remettre à l'eau. Peut-être aimeriez-vous me servir d'équipage pour un week-end ? offrit-il.

Théa émit une vague réponse en se demandant si son invitation tiendrait toujours quand il découvrirait la vérité. Elle avait bien envie de lui en parler mais elle ne savait comment s'y prendre. De toute façon, il serait très vite au courant : Gavin l'attendrait sur la jetée comme à chaque fois qu'elle rentrait du continent.

— Voudriez-vous un peu plus de café ? demanda-t-elle en s'apercevant qu'il avait vidé sa tasse. Jackson en a toujours un pot plein.

— Nous en prendrons tous les deux, déclara-t-il d'une voix forte de manière à ce que le cuisinier l'entende.

Il se tut pendant qu'on le servait mais lorsqu'il vit une main se tendre pour y recevoir l'argent, il leva la tête et fixa d'un air sérieux le garçon.

— Disons que celui-ci nous est offert par la maison ! jeta-t-il.

Théa faillit éclater de rire devant l'expression ahurie de Jackson. Partagé entre l'admiration et la colère, ce dernier hésita puis tourna les talons en grommelant. Il n'était pas de taille à affronter le nouveau propriétaire.

Surtout lorsqu'il mesurait plus d'un mètre quatre-vingts et avait une stature impressionnante. Mieux valait la fuite que le combat !

— Bravo ! Vous êtes très perspicace, souffla-t-elle à voix basse.

— Vous le pensez vraiment ? questionna-t-il, amusé. Vous avez pourtant joué le jeu en vous taisant. J'ai tout d'abord cru que c'était le prix, ici...

— Oui, mais une fois que vous avez compris, vous n'avez pas laissé passer la chose !

Un éclair traversa ses yeux gris.

— Je ne laisse jamais rien passer ! Œil pour œil, dent pour dent, telle est ma devise ! laissa-t-il tomber froidement.

Théa ne répondit pas, puis repoussa sa tasse en déclarant :

— Je vais dire un mot au Capitaine George.

A son grand soulagement, David Barrington n'essaya pas de la suivre. C'était un homme vraiment trop déconcertant. Elle avait besoin d'un peu de temps pour se reprendre.

George Yelland l'accueillit comme une vieille amie. Ne la connaissait-il pas depuis sa naissance, ne l'avait-il pas prise sur ses genoux et combien de fois ne l'avait-il pas chassée du bateau lorsqu'elle venait y jouer avec des camarades ? Le *Molly* était le second bâtiment qu'il commandait et deux fois par jour, il ralliait le continent pour transporter vivres et passagers.

— J'ai cru que vous ne rentriez pas ce soir, fit-il d'un ton bourru pour s'excuser de l'avoir presque laissée sur le quai. Vous n'êtes jamais en retard d'habitude...

— J'avais oublié l'heure, répondit Théa qui observait la mer brillante de soleil. On dirait que le vent se lève. Pensez-vous que nous allons avoir du gros temps ?

— Oui, mais ce n'est pas la peine de s'en soucier ! Alors, comment trouvez-vous le propriétaire ?

— Lucide, déclara Théa, et très sûr de lui, rétorqua-t-elle, laconique.

George parut réfléchir, ses deux puissantes mains posées sur la barre.

— A-t-il l'intention de rester ? questionna-t-il enfin.

— Sincèrement, je n'en ai pas la moindre idée. Et je ne crois pas qu'il le sache lui-même.

— Donc Gavin et vous allez devoir attendre, n'est-ce pas ?

— Oui, et l'avenir de Gavin est en jeu. Si David Barrington ne part pas, il n'y aura pas de place pour deux. A moins qu'il ne veuille laisser la direction à quelqu'un d'autre. Mais je ne suis pas certaine du tout qu'il ait envie de s'éterniser. D'après ce que j'ai compris, M. Barrington apprécie la vie facile et les plaisirs qu'on ne trouve pas à Sculla. Il doit aimer les endroits à la mode où il peut emmener de pulpeuses beautés...

— Et alors ?... Et notre bière, notre chorale et nos jolies jeunes filles ? s'esclaffa George.

— Difficilement comparable ! Et justement, ces jeunes filles n'intéressent pas les hommes comme lui. Quand je pense qu'il s'est vanté de toutes ses aventures...

Théa mentait, elle était injuste et pourtant, elle ne pouvait s'en empêcher.

— Même pas marié et fier de cela ! fit-elle encore.

— On dirait bien que c'est un Don Juan, concéda George. S'il se met à vouloir séduire nos filles, il va falloir s'en débarrasser, propriétaire ou non.

Théa eut soudain honte d'elle-même car elle donnait une impression complètement fausse du personnage.

— Il va avoir trente-cinq ans, il va peut-être changer et fonder une famille...

— Avec une charmante demoiselle ? fit George en riant. C'est dommage que vous soyez liée à Gavin. Si vous l'aviez épousé, vous auriez pu lui communiquer l'amour de l'île.

— Non merci ! s'exclama-t-elle spontanément. Je plains de tout cœur celle qui épousera David Barrington ! Il est beaucoup trop autoritaire !

— Tous les hommes sont ainsi, coupa brusquement

George. L'ennui avec vous, jeune Théa, c'est que vous n'avez jamais rencontré d'homme qui n'ait pas fait vos quatre volontés.

— Même vous ? lança-t-elle d'un air taquin.

— Je suis trop vieux pour qu'on me mène par le bout du nez !

— Est-ce ce que je fais avec Gavin ? murmura-t-elle d'une voix douce.

— Involontairement, oui. Votre personnalité est trop forte pour la sienne et ce n'est pas bon. C'est à l'homme d'être le plus fort dans un couple...

— Mais je respecte tout à fait Gavin !

— Si vous êtes heureuse...

« Mais oui, je suis heureuse », pensa Théa. « Gavin est merveilleux ! » George disait des sottises, comme d'habitude ou alors, il la taquinait. Il avait toujours eu un sens de l'humour étrange.

Théa resta près du capitaine jusqu'à la fin du voyage ; elle ne voulait pas à nouveau faire face à l'homme assis dans le salon. Les vagues se creusaient de plus en plus mais Sculla se profila enfin à l'horizon. Bien qu'elle n'eût pas voulu l'admettre, Théa commençait à souffrir du mal de mer et elle était soulagée d'arriver au port.

Lorsque le *Molly* longea le quai, David Barrington surgit, une veste de daim sur les épaules, une valise à la main. A contrecœur, Théa dut le rejoindre pour attendre avec lui que l'on abaisse la passerelle.

— Il vous faut bien du temps pour dire un mot... Une heure et quinze minutes. J'ai compté, jeta-t-il avec ironie.

— J'aime la timonerie. Surtout quand la mer est mauvaise. Il va y avoir un orage. Vous avez bien fait de voyager ce soir. Demain le *Molly* ne pourra peut-être pas prendre la mer.

— Tiens, mais je croyais qu'il n'y avait pas de voitures sur l'île ! A qui appartient celle-ci ? demanda-t-il à Théa en désignant l'automobile rangée au bout de la jetée.

— A vous ! Votre oncle l'avait achetée pour Gavin.

— Les routes sont donc bonnes...

16

— Pour un ou deux véhicules... Mon père aussi en possède un.

— Il en a besoin, quant à mon cousin...

— Il vaut mieux s'en servir plutôt que de la laisser rouiller au garage ! Et puis, il paye l'essence de sa poche !

— Vous en savez décidément beaucoup sur tout, déclara-t-il en la dévisageant.

Théa se tut car Gavin approchait. Mais quand le ciel devint noir de nuages, elle frémit et crut y voir un présage.

2

Théa fut la première à descendre de la passerelle et elle embrassa Gavin d'une façon quelque peu gênée.

— Le nouveau propriétaire est là, lui glissa-t-elle à l'oreille avant de se détourner. Monsieur Barrington, voici Gavin Grant...

Sans le vouloir, elle se mit à comparer les deux hommes qui s'observaient. Gavin était plus petit, plus mince et par rapport à David Barrington, il avait l'air d'un adolescent. Gavin hésita à tendre la main.

— Ravi de vous rencontrer. Nous n'avons jamais reçu la lettre qui annonçait votre arrivée, dit-il enfin, en souriant.

— Parce que je ne l'ai jamais envoyée ! Est-ce ennuyeux ?

— Pas du tout, se hâta de répondre Gavin. Mais au bout de trois mois, nous avons tous cru que vous ne viendriez pas.

— J'avais d'autres affaires en cours...

— Beaucoup plus importantes que celle-ci ! lança Théa d'un ton ironique. Au fait, j'aurais dû vous dire que j'étais la secrétaire de votre Domaine.

— Peut-être auriez-vous aussi pu m'apprendre votre nom. Juste pour mes archives... ricana-t-il.

— Théa Ralston ! Après tout, vous n'aviez qu'à me le

demander ! jeta-t-elle avec hostilité. Gavin, emmène donc
M. Barrington chez lui. Moi, j'ai envie de marcher !

— La voiture semble spacieuse et je ne pense pas que
ce soit un gros détour de vous déposer, fit remarquer
doucement le nouveau propriétaire.

Théa comprit qu'elle devait accepter l'invitation, à
moins de faire preuve de grossièreté. Sur la jetée, elle
devança les deux hommes et songea qu'ils étaient vraiment très différents. Elle se demandait aussi en quoi
David Barrington avait pu être contrarié de n'avoir pas su
qui elle était exactement. Elle avait bien vu son dépit. En
tout cas, il ne pourrait pas l'accuser d'être une aventurière ! Tout ce que Gavin possédait se montait aux
quelques millions que lui avait laissés son beau-père, qui
n'avait jamais été très riche, et un travail qui dépendait
entièrement du bon vouloir du nouveau propriétaire. Si
David Barrington décidait de rester, ce qui n'était pas sûr
du tout, il voudrait sans nul doute avoir plein pouvoir sur
le Domaine. Or, Gavin aurait du mal à accepter les ordres
d'un homme âgé seulement de six ans de plus que lui,
surtout après avoir été si longtemps son propre maître.
Ces dernières années, Douglas s'en était entièrement
remis à son beau-fils.

Enfin, les choses ne se passeraient peut-être pas ainsi,
se consola Théa. « Il n'aimera pas le climat d'ici. Après
un hiver, il voudra sûrement partir ! »

David Barrington lui ouvrit la portière à l'arrière,
attendit qu'elle soit installée pour enfin prendre place à
l'avant.

— Depuis combien de temps vous entendez-vous bien
tous les deux ? demanda-t-il en observant Gavin qui
fermait le coffre.

— Environ un an, répliqua sèchement Théa qui
n'avait pas apprécié la question. Y voyez-vous un incon-
vénient ?

Les yeux gris de David se posèrent sur le rétroviseur
pour y rencontrer les siens.

— Pourquoi, y en aurait-il ? s'étonna-t-il en levant les sourcils.

— Pardonnez-moi, répliqua Théa avec froideur. Mais vous aviez une intonation curieuse en parlant.

— La voix est parfois trompeuse, riposta-t-il, mielleux.

Elle voulut répondre, mais à ce moment, Gavin rentra dans la voiture. Sur son visage, Théa crut lire une nouvelle expression, comme une détermination farouche. Elle eut envie de l'entourer de ses bras pour lui faire comprendre qu'elle l'approuvait et qu'il n'y avait pas d'autre solution pour affronter la situation.

La rue principale du village, éloigné du port, traversait deux rangées de maisons aux toits rouges toutes différentes les unes des autres. Là, c'était Ewles, l'épicier ; à côté, la poste ; ici, il y avait Joy, la seule coiffeuse de l'île, toujours très sollicitée. Tout au bout, derrière un jardin embrasé du rouge ardent des azalées se trouvait sa propre maison avec son aile réservée à la chirurgie. Ce n'était pas une demeure grandiose, Théa était la première à le reconnaître, mais c'était l'endroit où elle était née et qui tenait ainsi dans son cœur une place tout à fait particulière.

— A demain, lança Gavin par la portière quand elle fut sortie, sans attendre qu'on l'aide. A l'heure habituelle ?

— Oui, et je préparerai des sandwichs, comme cela nous pourrons rester plus longtemps. Et merci pour la promenade, lança-t-elle à son nouvel employeur d'un ton provocant.

Sa mère était dans la cuisine en train de terminer un gâteau glacé. A soixante-deux ans, Margaret Ralston avait encore une magnifique chevelure où n'apparaissaient que très peu de fils d'argent. La ressemblance entre la mère et la fille était saisissante bien que Théa eût hérité de son père son menton autoritaire. La jeune fille eut l'impression, comme toujours, d'avoir seulement quitté la maison depuis quelques heures quand sa mère annonça :

— Le dîner sera prêt lorsque tu le voudras ! Une salade de poulet et des fraises, cela te va ?

— Parfait ! Et le gâteau, c'est pour demain je présume ?

— Oui, pour le thé... et pour Gavin ! C'est son dessert préféré !

— Je ne sais pas s'il pourra venir, soupira Théa. David Barrington vient d'arriver et il va sûrement vouloir étudier les livres de comptes.

— Il aura tout lundi pour cela, répliqua calmement sa mère. Pourquoi ne pas l'inviter, lui aussi ? Je suppose que vous êtes tous deux venus avec George ?

— Oui, mais il n'est pas du tout homme à apprécier le dîner-goûter du dimanche !

— Tu ne l'as vu que deux heures et tu sais déjà ce qu'il aime ou non... Ce doit être un homme très ouvert !

— Non, absolument pas, avoua Théa avec un petit rire. Il est même désagréable. Quand je pense que l'avenir de Gavin dépend de cet être sans scrupules !...

— Il n'a rien dit de ce qu'il ferait de Sculla, n'est-ce pas ? Donc, tu ne peux rien affirmer ! Pourquoi ne pas lui laisser le bénéfice du doute ?

Théa avait beau savoir que sa mère avait raison, elle ne parvenait pas à l'accepter. Quand David Barrington découvrirait ce que pensaient les habitants de l'île, il n'aurait plus qu'une envie : rentrer chez lui ! « Si seulement on me laissait faire », soupira Théa.

John Ralston rentra chez lui et trouva sa fille en train de dîner. Le médecin était un homme de haute taille qui marchait le dos voûté comme pour paraître moins grand. Sur son visage aux traits fins se lisait une expression soucieuse qui creusait des rides autour de ses yeux et de sa bouche, et pourtant, il ne paraissait pas ses soixante-trois ans.

— Je vais devoir envoyer le petit Paul Morrow à l'hôpital, sur le continent, déclara-t-il avec lassitude. Il ne supporte pas mon traitement et cependant, j'aurais juré qu'il avait attrapé le même virus que les autres enfants. Mais eux sont en pleine forme, murmura-t-il, alors que lui est recroquevillé au fond de son lit. Il faut lui faire des analyses, des examens...

— Sa vie est-elle en danger ? interrogea Théa, inquiète.

Son père secoua la tête et s'assit sur une chaise. Il sourit à sa femme qui venait de lui apporter une grande tasse de chocolat chaud.

— Non, je ne le pense pas, à moins qu'il ne soit victime d'un virus inconnu. Je suis désespéré de ne pouvoir rien faire ! C'est terrible pour moi... Nora voudrait bien l'accompagner mais elle ne peut pas laisser ses autres enfants seuls.

— Puis-je être utile ? offrit Théa. Je pourrais libérer Nora en les gardant.

— Comme tu es gentille ! Hélas, elle refusera. Tu sais combien elle déteste que l'on fasse son travail à sa place.

Il secoua la tête, cette fois-ci avec détermination.

— De toute façon, reprit-il, nous trouverons bien une solution, il le faut !

— David Barrington songe à équiper l'île d'un hélicoptère, déclara Théa.

— Ah ! Il est donc arrivé ? Quel genre d'homme est-ce ? demanda John avec curiosité.

— Difficile à dire exactement, murmura Théa en croisant le regard de sa mère. Il est sans doute compétent mais très sûr de lui !

— A son âge, c'est normal, approuva son père avec humour. Il faudra que j'aille le voir, il y a tellement de choses en attente à Sculla. Jamais je ne parvenais à en parler avec Douglas.

— Tu pouvais demander à Gavin de le faire. Il savait comment le prendre, lui !

— Pas quand il s'agissait de plans financiers à long terme. Gavin était seulement un prête-nom, il en était conscient. Aujourd'hui ce n'est guère mieux, à moins que Barrington ne lui laisse les commandes. Qu'en penses-tu ?

— Rien... fit Théa en haussant les épaules. J'espère qu'il sera plus coopératif avec quelqu'un de son sexe !

— On dirait que ta première impression n'a pas été bonne... Sois prudente, Théa, si tu veux garder ton emploi ! Tous les patrons ne sont pas aussi tolérants que l'était Douglas. Souviens-toi qu'ici il n'y a pas d'autre travail pour toi ! Je ne pense pas que tu aimerais aller vivre sur le continent.

— Je n'oublierai pas, promit Théa. Tout dépend de ce qui va arriver à Gavin... Il ne pourra pas obéir aux ordres de quelqu'un qui ne connaît rien aux affaires de l'île !

— Et je n'imagine pas non plus sa mère déménager et quitter Whirlow, ajouta Margaret. Whirlow est *sa* maison !

— Pas légalement, corrigea doucement John Ralston. Le Domaine et l'île appartiennent au cartel. David Barrington a la mainmise sur tout. C'est malheureux, mais c'est ainsi ! Mais je ne crois pas qu'un être puisse être aussi implacable et sans cœur.

Théa n'en était pas si sûre. L'homme qu'elle avait rencontré sur le bateau était capable de tout.

La tempête annoncée par George éclata pendant la nuit. Au petit matin, le vent avait chassé les nuages et le ciel était d'un bleu limpide.

A neuf heures et demie précises, Gavin vint chercher Théa qui ne s'attendait pas à le voir de bonne humeur.

— Il n'est pas si mal, avoua-t-il à contrecœur. Il a juré à maman que, quoi qu'il arrive, elle et moi pourrions rester à Sculla.

— C'est le moins qu'il puisse faire ! grommela Théa sur ses gardes. Il t'a laissé la voiture. N'en avait-il pas besoin aujourd'hui ? s'étonna-t-elle.

— Il préférait faire le tour de Sculla à cheval.

— Ah ? Il ne m'a pas dit que sa ferme était dans une

région sauvage... J'aimerais bien monter un peu plus souvent Lady, ajouta-t-elle en hochant la tête. Elle ne prend vraiment pas assez d'exercice.

— Pourquoi l'avoir achetée, alors qu'à Whirlow tu pouvais choisir n'importe quel animal ?

— Lady était une très bonne affaire et Mme Templeton me l'a vendue pour lui donner une bonne écurie plutôt que pour empocher beaucoup d'argent !

— Je me demande encore pourquoi les Templeton ont quitté l'île. Ils étaient très bien ici...

— Lui, oui ! Mais Mme Templeton n'avait rien à faire dans ce pays. Ils ne reviendront pas s'ils veulent sauve-garder leur ménage. Après tout, il peut écrire ses livres n'importe où !

— Ne penses-tu pas qu'une femme devrait parfois savoir faire quelques sacrifices quand il s'agit du travail de son mari ?...

Théa remarqua la manière étrange avec laquelle il avait parlé. Elle le regarda et ne vit rien d'inquiétant dans ses yeux noisette.

— Que veux-tu dire ? demanda-t-elle doucement.

— Rien, je pensais à voix haute, dit Gavin en souriant.

— A propos de David Barrington, ne t'inquiète pas trop ! Il n'a pas encore pris sa décision et puis, il t'a promis de ne jamais te chasser de Sculla...

— Pour n'être qu'un exécutant ? Jamais je ne le supporterai ! s'exclama Gavin avec emphase.

Gavin gara la voiture sur un chemin qui descendait à la mer. Un petit sourire errait sur ses lèvres.

— Tu as raison, Théa. Il ne faut pas se préoccuper avant de savoir à quoi s'en tenir. Ce qui compte aujourd'hui, c'est le soleil et le pique-nique ! J'espère au moins que tu as préparé assez de sandwichs... J'ai toujours très faim après le bain !

— Je le sais, murmura Théa. Nous aurons bien assez à manger !

Ils étaient seuls dans la petite crique et selon leur habitude, ils passèrent la matinée dans l'eau pour ensuite s'allonger au soleil sur les rochers. Quand vint l'heure du repas, ils partagèrent leur déjeuner avec deux ou trois mouettes qui les avaient observés depuis le matin. Au-dessus d'eux, des nuages blancs couraient dans le ciel bleu. Mais Théa se sentait nerveuse et Gavin s'en rendit compte.

— Jamais plus rien ne sera pareil, soupira-t-il tristement. C'est inutile de vouloir chasser toutes ces idées qui nous trottent par la tête... Je sens que nous allons avoir du mal avec Dave !

— Dave ? s'étonna-t-elle.

— Il préfère qu'on l'appelle ainsi. Il n'aime pas « David ».

En effet, David était un prénom plutôt sympathique or l'homme n'avait rien d'attirant. Dave Barrington... Ce nom suffisait à la faire frémir. Elle saisit la main de Gavin et la serra très fort.

— Devons-nous vraiment attendre Noël pour nos fiançailles ? Pourquoi pas maintenant ? demanda-t-elle.

— D'abord je n'ai pas encore acheté de bague et puis, il ne faut pas se presser pour ce genre de choses !

Il s'allongea et lui sourit tendrement.

— Oui, quand on n'est pas sûr de ses sentiments... convint Théa. Mais nous, ce n'est pas pareil, n'est-ce pas ?

— Evidemment ! répondit-il sans hésiter. Néanmoins, j'ai promis à ma mère que nous célébrerions cela à Noël...

— J'avais oublié... On dirait vraiment qu'elle ne souhaite pas notre mariage, souffla Théa, peinée.

Gavin détourna son regard et garda le silence.

— Elle s'inquiète pour notre avenir, rétorqua-t-il enfin.

— C'est ridicule, s'exclama-t-elle. Cette somme n'appartient pas personnellement à David Barrington. Il peut seulement profiter des revenus et encore parce qu'il habite Whirlow en ce moment ! En réalité, le Domaine lui verse un salaire, tout comme à toi. Un salaire généreux, je l'admets, mais ce n'est pas pour cela qu'il est milliardaire !

— Je le sais ! Et s'il décide de tout diriger ? Je ne peux décemment pas toucher de l'argent pour ne rien faire ! Et ma femme ne vivra pas que d'amour et d'eau fraîche... Je n'accepterai jamais que l'on me fasse la charité, ni toi non plus, sans doute.

— Non, bien sûr ! Ecoute, Gavin ! Si le pire arrive, nous chercherons du travail ailleurs... Avec notre expérience, ce ne devrait pas être trop difficile, lança Théa avec résolution.

Gavin la considéra d'un air stupéfait.

— Tu serais donc prête à quitter Sculla ?

— S'il le faut... si c'est la seule solution...

— Tu as peut-être raison. Et ma mère serait sûrement d'accord. Avec ce que lui a laissé Douglas en plus de sa petite rente, elle ne risque pas de dépendre de qui que ce soit. Mais si elle le désire, elle a parfaitement le droit de finir sa vie à Whirlow. Oh, Théa ! Tu es si bonne pour moi ! sourit Gavin en la contemplant avec tendresse.

— Je t'aime ! s'écria-t-elle avec élan.

Il se pencha vers elle et l'embrassa amoureusement, tout en réfrénant sa passion. C'est ce que Théa appréciait en lui : cette manière délicate de ne pas précipiter les choses, d'attendre le mariage pour laisser éclater la violence de leurs sentiments.

Après une autre baignade, ils décidèrent de rentrer et Théa lui proposa alors de venir prendre le thé chez elle.

— Avec plaisir ! Mais je dois d'abord voir ma mère.

— Je ne suis pas habillée pour une visite, remarqua Théa en lui montrant sa tenue de plage.

— Tu n'auras qu'à rester dans la voiture. Je ne serai pas long, promit-il.

— Entendu, fit-elle tout en regrettant qu'il n'ait pas insisté pour qu'elle vienne avec lui.

Elle n'aimait pas l'idée de l'attendre devant la maison.

Bien qu'il y eût très peu de distance entre la plage et Whirlow, il leur fallut plus de quinze minutes pour rentrer par les routes étroites et tortueuses. Dans un virage, ils durent même céder le passage au tracteur de la ferme de la Noue. Si Théa avait dit à David Barrington qu'à Sculla les automobiles ne posaient aucun problème, ce n'était pas vrai. Il y en avait quelques-unes sur l'île mais leurs propriétaires s'en voulaient d'avoir eu l'idée saugrenue de les avoir fait venir du continent car elles ne leur servaient pas. Pour Gavin, le problème était différent : posséder un véhicule lui conférait un certain prestige.

Au bout d'une allée ouverte à tous et que n'arrêtait aucune barrière, s'élevait Whirlow. Agrandie au fil des ans, la demeure avait un charme étonnant avec ses pignons à tourelles et ses longs murs étirés. Trop vaste pour une seule famille, la maison avait été en partie fermée tandis qu'on avait recouvert de housses la plupart des meubles. Théa trouvait cela dommage, mais on ne pouvait rien y changer. D'après les termes du cartel, Whirlow ne pouvait être divisé en deux.

Les lourdes portes de chêne se refermèrent sur Gavin, et Théa resta dans la voiture. D'où elle était assise, elle pouvait voir les pelouses descendre vers le petit lac qu'avait fait creuser le prédécesseur de Douglas Barrington. Le paysage était superbe et elle aimait la vue des grands arbres qui se reflétaient sur l'eau tranquille. Jusqu'à maintenant, le virus hollandais n'avait pas atteint les ormes de l'île et Théa espérait de tout cœur qu'il en serait toujours ainsi. Sculla était un monde en lui-même, à l'abri des influences étrangères. Le quitter serait une tragédie pour elle. Mais s'il le fallait, elle ferait en sorte de ne pas trop en souffrir. L'avenir de Gavin était, à ses yeux, mille fois plus important.

Au bout d'un moment, Théa commença à s'impatienter, et à trouver le temps long. Elle n'avait pas envie d'attendre plus longtemps. Elle sortit pour se dégourdir les jambes et, appuyée au capot, observa Whirlow. Cinq minutes de plus, et malgré Mme Barrington, elle irait rejoindre Gavin. Comme il était ridicule de se soumettre à ces bienséances depuis longtemps révolues! Quelle importance y avait-il donc à sa façon d'être vêtue puisque de toute façon, elle était décente? La mère de Gavin n'était pas une femme désagréable mais très pointilleuse. Il était grand temps de mettre fin à tout cela!

Elle ne vit pas David Barrington s'approcher d'elle et sursauta lorsqu'il lui adressa la parole.

— La maison vous est interdite?

Debout, de l'autre côté du capot, il la contemplait avec, de nouveau, cette expression audacieuse dans ses yeux gris qui s'étaient posés sur ses épaules nues. Il portait des culottes de cheval et une fine chemise de coton dont il avait roulé les manches jusqu'aux coudes. Théa ne put s'empêcher de remarquer les muscles saillants de ses bras et quand, sans le vouloir, elle compara le teint mat de David Barrington à la blondeur pâle de Gavin, elle sentit un étrange frisson la parcourir.

— Non, mais je préfère ne pas me présenter dans cette tenue, répondit-elle, sèchement.

— A cause de Janine? interrogea-t-il d'un air amusé. A mes yeux, vous êtes parfaite comme cela! Naturellement, je suis nouveau dans ce pays... Vous attendez Gavin?

— Oui! lança-t-elle avec défi. Il vient ensuite chez moi pour y prendre le thé. Au fait, ma mère m'avait suggéré de vous inviter mais j'ai pensé que ce genre de réunions ne vous intéressait pas!

Il leva les sourcils dans une mimique qui paraissait désormais familière à Théa.

— Répondez-vous toujours ainsi à la place des autres?

— Non... bredouilla-t-elle, embarrassée. Avais-je tort?

— Oui, parce que j'avais très envie de rencontrer vos parents, riposta-t-il.

— Cela signifie-t-il que vous allez venir?

— Pas aujourd'hui, merci! répliqua-t-il en souriant avec ironie. Je dois aller vérifier les livres de comptes.

— Donc vous allez avoir besoin de Gavin?

— Pas nécessairement. Demain, je verrai avec lui les détails. Vous serez là, vous aussi, n'est-ce pas ?

— A neuf heures précises ! s'exclama Théa en se souvenant d'un seul coup que cet homme était en réalité son patron.

Elle se demanda si sa dernière remarque avait été intentionnée ou non. Elle soupira, soulagée, quand elle vit Gavin sortir de la maison. Il s'avança lentement, son regard allant de l'un à l'autre comme s'il s'interrogeait sur le temps qu'ils avaient pu passer ensemble.

— La promenade était-elle agréable ? demanda-t-il à son cousin par alliance. Ma mère m'a dit que vous étiez sorti depuis plus de deux heures.

— C'est exact ! J'ai pris le cheval bai dont le nom est... Major, je crois. Je suis allé au village et de là dans les bois au-dessus d'une ferme.

— La Noue, précisa Théa. Elle est tenue par Rob Colton et le bois s'appelle le Breuil.

— J'aurais dû vous demander de m'accompagner ! fit-il en souriant sans aucune moquerie, les yeux brillants. Demain nous irons tous trois faire le tour de Whirlow. Je veux me rendre compte parfaitement de l'état du Domaine. Passez une bonne fin de journée ! leur lança-t-il en au revoir.

Gavin et Théa le regardèrent s'éloigner avant de monter en voiture.

— J'ai l'impression qu'il va être déçu par ce qu'il va découvrir, soupira Gavin.

— Peut-être pas... Après tout, nous savons tous qu'il y a beaucoup à faire à Sculla. L'île a bien besoin d'améliorations !

— J'ai fait ce que j'ai pu, s'emporta Gavin que Théa tenta d'apaiser en posant vivement sa main sur la sienne.

— Je le sais ! Mais pourquoi donc ton beau-père n'a-t-il jamais voulu dépenser un sou pour le bien-être de l'île ? En tous les cas, si David Barrington s'attaque à ce problème, je lui souhaite bonne chance ! Et toi, tu en auras le travail facilité...

— Tant que je l'ai !... coupa Gavin avec amertume.

— Ne devions-nous pas abandonner ce sujet de conversation ?

— Tu as raison... Plus un seul mot à ce propos, je te le jure, promit Gavin en riant enfin de bon cœur.

3

Le baromètre était au beau fixe et la journée du lundi commença dans la chaleur malgré des nuages. Théa s'habilla avec soin d'une jupe plissée grise et d'un élégant chemisier à carreaux. Puis, à bicyclette, elle se rendit à Whirlow où se trouvait son bureau. Elle y arriva la première et après un coup d'œil sur les papiers, vit que David Barrington n'avait touché à rien. Pourtant, il en avait le droit, puisque tout lui appartenait, la maison, le Domaine et ce, jusqu'à la fin de ses jours. Théa secoua la tête : pour elle, il demeurerait toujours un intrus.

Gavin, dont les traits tirés montraient qu'il avait passé une nuit blanche, vint la rejoindre à neuf heures.

— Dave devrait être là d'une minute à l'autre, dit-il. Il parle avec ma mère.

— Comment s'entendent-ils tous les deux ? demanda Théa, curieuse.

— Plutôt bien, répondit-il d'un ton maussade. Elle lui trouve beaucoup de valeur, mais je ne suis pas d'accord avec elle. D'après ce qu'il nous racontait tout à l'heure, il a dû mener une vie plutôt mouvementée !

— C'est lui-même qui vous l'a dit ? s'étonna-t-elle.

— Non, maman lui a posé toutes sortes de questions ! Je ne sais pas s'il est très capable de faire les choses par lui-même, jeta Gavin avec méchanceté.

— J'avais pourtant l'impression que tu commençais à le trouver sympathique, fit-elle en haussant les épaules.

— S'il s'agissait de n'importe qui d'autre, je le pourrais ! Mais pas lui.

— Ce n'est pas de sa faute s'il a hérité !

— Et alors ? De quel côté es-tu donc ? questionna-t-il d'une voix tranchante.

— Du tien, bien entendu ! Mais ce n'est tout de même pas lui qui a voulu hériter de Sculla, ajouta Théa calmement. Je suis de plus en plus sûre qu'il ne désirera pas abandonner Natal. C'est très petit ici pour quelqu'un qui a connu les grands espaces de l'Afrique du Sud.

— J'espère que tu as raison ! lança Gavin au moment où la porte s'ouvrait sur David Barrington. Nous mettons-nous au travail tout de suite ? s'enquit-il.

— Oui, ne perdons pas de temps ! déclara Dave. Théa, prenez donc votre bloc-notes avec vous. Nous allons en avoir besoin. Pour commencer, j'ai vu que le toit de la Noue était en piteux état.

La matinée fut longue et laborieuse. A midi, le carnet de Théa était presque rempli et ils n'avaient passé en revue que quatre fermes. Au fur et à mesure, les remarques de Dave s'étaient faites de plus en plus précises tandis que se fermait le visage de Gavin. Il n'était en rien coupable des négligences accumulées, et pourtant, il risquait sa place. Théa songeait qu'il était vraiment dommage que David Barrington n'ait pas connu son oncle. Au moins aurait-il pu voir la situation véritable.

A l'heure du déjeuner, ils se rendirent ensemble à Whirlow où les attendait un repas.

— Cet après-midi, nous allons inspecter tout le village, déclara Dave. Je veux un bilan complet ! Dites-moi, Théa, faut-il faire des travaux dans votre maison ?

Théa eut une étrange sensation en entendant son nom dans la bouche de David Barrington. Elle tourna la tête pour éviter le regard gris rivé sur elle et rétorqua :

— C'est à mon père que vous devriez le demander.

— Je pense en effet qu'il pourrait me renseigner sur bien des choses. Sera-t-il libre tout à l'heure ?

— Non, il a dû se rendre sur le continent pour y emmener un enfant très malade. Il ne rentrera que ce soir.

— Par le bateau que nous avons pris ?

Elle acquiesça.

— Voilà encore un problème qu'il va falloir régler le plus vite possible.

Mme Barrington les attendait dans la salle à manger. A cinquante-sept ans, elle était encore assez jolie malgré des cheveux blond platine et un maquillage trop accentué qui lui durcissaient les traits.

— Alors, que pensez-vous de notre petite île ? demanda-t-elle en oubliant qu'à proprement parler elle aurait dû dire « votre » île. Charmante, n'est-ce pas ?

— Oui, en apparence, convint Dave. Je vous dirai ce qu'il en est lorsque j'aurai tout vu. D'où vient l'eau potable, pouvez-vous me le dire, Gavin ? interrogea-t-il à brûle-pourpoint.

— De sources naturelles, répondit Gavin, laconique.

— Pures ?

— Aussi pures que si elles provenaient d'un robinet de ville. Et encore, nous n'y ajoutons aucun produit, ni fluor. Pourtant le dentiste prétend qu'il n'a jamais vu de dents aussi saines qu'ici, à Sculla.

— Et les sécheresses ? poursuivit Dave.

— Elles n'ont jamais duré très longtemps, déclara Janine Barrington, désireuse de participer à la conversation. Je pense que cela est dû à notre situation géographique. On peut dire que chaque nuage a son équivalence en soleil !

Le sourire qui salua sa phrase parut satisfaire Janine. La façon dont elle minaudait agaçait un peu Théa qui trouvait ridicule ce déploiement de grâces pour un homme qui était son neveu par alliance et de trente ans au moins son cadet. Elle se demanda si David Barrington avait remarqué son manège et elle eut envie de rire en songeant qu'il n'y prêterait sans doute aucune attention. David était de la race des solitaires et il n'allait certainement pas se laisser attendrir par une femme.

Janine bavarda sans cesse pendant tout le repas à tel point que Dave ne put que répondre par monosyllabes tandis que les deux autres semblaient ne plus exister du tout pour elle. En une demi-heure, Dave apprit ainsi les moindres détails de sa vie jusqu'à son arrivée à Sculla.

— Douglas était si gentil, dit-elle, émue. Tellement différent de mon premier mari. Heureusement, Gavin ne ressemble pas trop à son père !

— Je ne l'ai jamais vraiment connu, admit Gavin avec simplicité. J'avais seulement deux ans quand il est mort. Douglas n'a pas fait que le remplacer...

— L'avez-vous toujours appelé par son prénom ? demanda Dave. J'aurais pensé qu'à huit ans, vous étiez assez jeune pour le considérer tout à fait comme votre père.

— C'était lui qui le voulait ainsi. Il désirait être un ami pour moi et pas un substitut quelconque, expliqua Gavin d'un ton sévère, le visage fermé.

Théa savait que le jeune homme ne pensait pas ce qu'il disait. Un père pouvait très bien être aussi un ami, comme c'était le cas pour le sien.

Dave ne souhaita pas s'attarder pour le café, et à deux heures, ils étaient de nouveau dans la voiture. Leur première visite du village fut pour la forge. D'abord très hostile, Tom Carilee finit par énumérer une interminable liste de choses urgentes à mettre au point.

— Voilà plus de deux ans que je réclame une porte pour les toilettes, grommela-t-il. Quand il pleut, c'est dramatique ! Si ça continue, je vais demander au colonel Farrow de m'en faire une que je paierai de ma poche !

— Y aurait-il donc encore tant de maisons qui ne sont pas pourvues de sanitaires à l'intérieur ? s'enquit Dave d'une voix cinglante.

— Quatre ou cinq, répliqua Gavin sur la défensive.

Juste celles qui n'ont pas de pièce pour qu'on les y installe.

— On trouvera la place même si on doit démolir et abattre les murs ! Nous sommes au XXᵉ siècle, pour l'amour du Ciel ! s'exclama Dave, hors de lui.

Il s'arrêta soudain et contempla la rue paisible et ensoleillée. Son regard aigu se promenait sur les façades comme s'il voyait au travers des murs.

— A partir d'ici, nous allons marcher. J'ai bien l'impression que je n'ai pas encore vu le pire...

Théa fit signe à Gavin que ce n'était pas le moment d'expliquer qu'il n'y était pour rien dans tout cela. Ce qui avait été fait, l'avait été grâce à Gavin, et il fallait absolument que Dave l'admette un jour ou l'autre. Plus tard, lorsqu'il aurait tous les faits en main, il serait l'heure d'en parler.

Si le matin avait semblé long, l'après-midi parut interminable. A quatre heures et demie, quand David Barrington décida de poursuivre leur visite le lendemain, ils n'en étaient qu'à la moitié du village. De retour à la maison, il annonça à Théa qu'il voulait toutes les notes dactylographiées de façon à ce qu'il puisse les étudier le soir même. Puis il ajouta à l'intention de Gavin qu'ils avaient deux ou trois choses à régler.

Théa s'attela à la tâche dès le départ des deux hommes, consciente de son impuissance à aider Gavin. Une fois déjà, ce dernier avait tenté de décrire à quel point il s'était retrouvé acculé, se heurtant toujours au refus inflexible de Douglas Barrington de dépenser le moindre centime pour des améliorations. Il était vrai que la ferme de la Noue avait besoin de tuiles depuis les tempêtes de l'hiver précédent mais la pluie ne transperçait pas encore le toit, alors que la demeure de Bob Gifford, là-bas au bout de la vallée, nécessitait des travaux urgents. Théa sourit : David Barrington semblait être prêt pour effectuer un grand nettoyage ! Tant qu'il ne mettait pas Gavin en cause pour sa nonchalance involontaire, elle lui souhaitait bonne chance !

Théa travailla jusqu'à six heures sans qu'aucun des hommes ne réapparaisse. Elle déposa les feuillets sur le bureau de Gavin puis partit à sa recherche dans les serres où il discutait avec le jardinier.

— Je croyais que tu étais partie depuis longtemps, s'étonna-t-il. Ton horaire est de neuf à cinq heures, quoi qu'il puisse dire !

— Cela m'était égal de rester plus longtemps, fit-elle en souriant. On dirait que tu as eu quelques difficultés, ajouta-t-elle en voyant son visage soucieux.

— En fait, tu es bien en dessous de la vérité ! gronda Gavin en donnant un violent coup de pied dans un caillou qu'il envoya rouler dans un parterre de fleurs. D'après lui, aucun régisseur qui se respecte ne doit rester inactif quand les fonds manquent. J'aurais dû sans doute menacer Douglas et le forcer à me donner de l'argent !...

— Il exagère tout de même ! protesta Théa avec véhémence. On voit bien qu'il n'a pas connu Douglas.

— Lui ?... Il aurait réussi là où j'ai échoué, riposta Gavin, amer.

— Tu n'en sais rien du tout ! Ton beau-père était un homme charmant mais intraitable pour les finances, nous en étions bien conscients ! Depuis un moment, il avait cette obsession de faire des économies... Personne n'aurait pu le faire changer d'idée. Le détenteur du cartel avait pleine puissance !

— J'aimerais bien que tu puisses le faire admettre à David Barrington, soupira Gavin avec un petit sourire.

— J'essaierai, ne t'inquiète pas ! Où est-il en ce moment ?

— J'aimerais mieux que tu ne tentes rien. Il est de ces individus qui méprisent les hommes qui se font défendre par des femmes. De toute façon, tu te heurteras à un mur ! Il est aussi intraitable à sa manière que Douglas. Sans doute un trait commun à la famille...

Théa se tut. Gavin avait très certainement raison. En intervenant, elle n'arriverait à rien de bon. Il fallait qu'il se débrouille tout seul.

— Que vas-tu faire ? interrogea-t-elle. Enfin, je veux dire, pour le travail...

— Rien, pour le moment, déclara-t-il d'un air résigné. Il ne m'a pas encore conseillé de chercher autre chose, il se peut qu'il se décide malgré tout à me laisser en place.

— Avec le même contrat ?

— Comme ce n'est pas lui qui l'avait rédigé... Ce ne sera peut-être pas pareil maintenant qu'il est là. Il y a une chose dont je suis certain : s'il reste, il le fera en tant que régisseur-propriétaire.

Théa en était sûre elle aussi car il n'y avait pas de demi-mesures avec Dave Barrington. Toutefois, elle ne pouvait condamner Dave pour sa politique de rénovation qui allait faire le plus grand bien à Sculla. Mais la manière dont il traitait Gavin n'était pas des plus loyales. Cet homme devait cependant être d'un tempérament obstiné : une fois sa décision prise, rien ne saurait le fléchir. Oui, il était sans doute implacable.

Elle rentra chez elle bien après six heures et sa mère l'attendait, le repas préparé, contenant avec peine sa curiosité. Elle voulait savoir ce qui s'était passé dans la journée, car les nouvelles avaient déjà fait le tour du village.

— On prétend qu'il a l'intention de raser toutes les maisons de la rue principale pour en reconstruire d'autres, s'enquit-elle d'une voix inquiète. Ce n'est pas vrai, j'espère !

— Non, bien sûr que non ! la rassura Théa. Il a été furieux de voir l'état de certaines d'entre elles, et elles seront restaurées les unes après les autres. Il faudrait que papa et toi puissiez établir une liste des améliorations les plus urgentes à effectuer. Nous gagnerions beaucoup de temps pour demain !

— Heureusement, il a pris tout cela en main ! s'exclama Margaret. Je sais que Gavin a fait de son mieux mais il ne pouvait pas accomplir de miracles. On devrait vraiment remercier le Ciel d'avoir permis que le câble électrique ait été installé avant l'arrivée de Douglas...

Sinon nous serions condamnés à nous servir de lampes à huile et à nous chauffer au feu de bois ! Comment Gavin s'entend-il avec son cousin ? interrogea-t-elle.

— Mal ! Dave a l'air de lui en vouloir pour ce que Douglas l'a empêché de faire.

— Dave ? C'est lui qui vous a demandé de l'appeler ainsi ? s'étonna-t-elle les sourcils froncés.

— Non, mais Gavin le fait, alors… Ne t'inquiète pas, je n'ai pas du tout envie de rechercher son amitié !

Il faisait tellement beau que Théa ne voulut pas rester enfermée après le dîner. Elle enfila un jean et un chandail et courut vers le champ réservé à Lady pendant l'été. Chaque fois qu'elle apercevait la jument, Théa sentait son cœur battre de joie à l'idée que l'animal lui appartenait, à elle seule !

Au moment où elle s'apprêtait à la seller, elle songea brusquement qu'elle la perdrait s'il lui fallait quitter l'île.

— Ne te fais pas de souci, ma belle, murmura-t-elle à l'oreille de Lady, nous n'y sommes pas encore ! Il faut absolument que je cesse de prévoir le pire…

L'air embaumé du soir lui fit oublier l'heure et sa promenade se prolongea bien au-delà de neuf heures. Fourbue mais ravie, elle reprit la route de la maison, sa selle sur l'épaule. Quand elle aperçut la voiture garée devant les grilles, elle s'immobilisa. Ce n'était certainement pas Gavin qui ne venait jamais ainsi à l'improviste et elle ne se souvenait pas lui avoir donné rendez-vous. Elle pressa alors le pas, craignant qu'un accident ne fût peut-être arrivé.

— Nous sommes ici, chérie ! Prends une tasse si tu veux du café, lui cria sa mère du salon.

Théa laissa tomber sa selle dans un coin de l'entrée et passa sa main dans ses cheveux sans se rendre compte de la poussière qui s'en échappait. Dave Barrington était assis à côté de sa mère, sur le canapé à fleurs, juste sous la fenêtre. Les jambes croisées, il semblait tout à fait à l'aise, un verre de whisky à la main. Installé sur sa chaise préférée, le père de Théa lui faisait face mais avait posé son verre plein sur la table basse.

— Monsieur Barrington était sur le port quand le *Molly* est rentré, expliqua Margaret, aussi a-t-il proposé à ton père de le raccompagner...

Les yeux gris n'avaient pas quitté le visage de Théa sauf pour un bref coup d'œil sur son jean.

— Cela s'est donc fort bien trouvé, dit Dave en souriant. Il paraît que vous avez votre propre poney ?

— Cheval ! rectifia-t-elle, du seuil de la porte, consciente de la forte odeur d'écurie qui imprégnait ses vêtements. Qu'avez-vous voulu dire par « cela s'est bien trouvé ? », ajouta-t-elle.

— C'est simple ! Je désirais parler à votre père et c'était l'occasion rêvée ! J'ai beaucoup appris à propos de Sculla... Personne ne connaît mieux l'île et ses habitants que son médecin, affirma Dave qui s'était tourné vers M. Ralston.

— C'est bien agréable de voir quelqu'un qui s'intéresse à nous ! renchérit ce dernier avec enthousiasme. Votre oncle avait beaucoup de qualités mais il ne voulait rien entendre quand cela l'arrangeait...

— C'est ce que m'a révélé Gavin.

— Oui, mais vous ne l'avez pas cru, s'exclama Théa spontanément.

— Il n'a pas mis longtemps à me dire ce qu'il avait sur le cœur, répliqua Dave avec ironie. Je suis sûr que vous auriez été prête à le consoler !...

— N'importe qui aurait pu voir ce que vous pensiez, protesta-t-elle en regrettant immédiatement son agressivité. Gavin n'avait pas besoin de me préciser quoi que ce soit !

— En plus, vous lisez mes pensées... Décidément, madame Ralston, vous avez une fille extraordinaire ! déclara Dave, le regard amusé.

— Oui, mais par trop insolente, répliqua froidement Margaret. Théa, ne parle donc pas sur ce ton à monsieur... à Dave. Après tout, c'est lui qui t'emploie !

— Je vous en prie ! Nous n'en sommes plus à ce genre de préséances. Parler franc vaut mieux que d'être hypocrite... ajouta-t-il en souriant, tandis que son regard tourné vers Théa trahissait son amusement.

— Tu ne voulais vraiment pas de café ? s'enquit précipitamment Margaret Ralston qui craignait une autre impertinence de sa fille.

— Je vais prendre un bain, s'empressa de répondre Théa.

— Venez donc d'abord avec moi jusqu'à la voiture, j'ai une ou deux choses à vous dire, proposa Dave. Mais avant, je tiens à vous remercier de tout cœur pour votre charmant accueil, madame Ralston, Docteur. Je vous promets de faire pour le mieux, ajouta-t-il après avoir vidé d'un trait son verre de whisky.

— Sans favoritisme, n'est-ce pas ? déclara le médecin avec humour. Je ne voudrais en aucun cas prendre le tour de quelqu'un !

Théa sortit avec Dave et le suivit en silence.

— Je vois que vous avez pris la voiture, lâcha-t-elle en parvenant à la grille.

— Pas pris, juste emprunté ! Il aurait été malaisé de raccompagner votre père à cheval !

Dès qu'il eut franchi la barrière, Théa la referma derrière lui comme si elle voulait se sentir en sécurité.

— Vous avez donc été exprès au port, y chercher papa ?

— Oui... J'aimais mieux cela qu'une visite officielle ! Vos parents me plaisent beaucoup, avoua-t-il après un instant de silence.

— A moi aussi, ironisa-t-elle. Est-ce de cela que vous vouliez me parler ?

— Non ! Hélas... Mais il y a des détails désagréables que je souhaite mettre au point avec vous, fit-il enfin d'un ton presque sec et cassant.

Théa leva les yeux, le visage parfaitement inexpressif.

— Je ne suis pas sûre de bien comprendre...

— Vous avez très bien compris !... Ma présence ne

vous plaît pas, je le sais, et pourtant, je suis ici et j'y reste pour l'instant ! Si vous voulez continuer à travailler pour le Domaine, vous allez devoir vous habituer à cette idée ! D'autre part, j'envoie Gavin sur le continent. Il va y passer plusieurs jours et je suis désolé de ne pouvoir vous promettre son retour d'ici le week-end prochain...

— Ce n'est pas grave ! Gavin et moi pouvons nous voir quand nous en avons envie... Nous n'allons pas dépérir seulement parce que nous serons séparés deux ou trois jours...

— Vous m'en voyez tout à fait rassuré ! lança-t-il en tournant les talons.

Il fit le tour de la voiture, ouvrit la portière et se glissa sur le siège. Puis il mit le contact et sans un regard pour Théa démarra en trombe.

John Ralston venait à la rencontre de sa fille.

— Comment va le petit Paul ? s'enquit-elle en se rappelant soudain la raison du voyage de son père.

— On ne peut pas se prononcer pour le moment. En tous les cas, il n'avait pas l'air trop malheureux à l'hôpital. Enfin, nous verrons bien, soupira-t-il. Mais dis-moi Théa, ton nouveau patron semble être un homme d'action ! Je suis vraiment très impressionné !

— C'est vrai ! On ne va plus reconnaître l'île quand il en aura fini avec elle... grommela-t-elle en se forçant à sourire. Maintenant, je vais prendre un bain et je me coucherai tout de suite après... J'ai eu une rude journée !

Gavin partit le jeudi matin, avec pour mission de trouver une bonne entreprise de bâtiment et des ouvriers qui pourraient rester assez longtemps à Sculla afin d'y accomplir tous les travaux prévus. Avant de monter à bord du *Molly*, Gavin expliqua à Théa que Dave lui avait demandé de rapporter au moins quatre devis différents.

— Cela va te prendre un temps fou ! s'exclama-t-elle. Pourquoi ne pas plutôt leur téléphoner ? ajouta-t-elle, tout en sachant que c'était parfaitement impossible.

— Tu sais bien qu'on ne peut pas conclure ce genre de démarche par téléphone, remarqua Gavin en souriant.

J'ai bien peur qu'il y en ait peu qui veuillent envoyer quelqu'un à Sculla pour établir le devis avant même de savoir ce qu'on leur demande... Tu vas devoir travailler sous les ordres de Dave pendant mon absence, j'espère que tu seras capable de résister !...

— J'y arriverai ! murmura-t-elle en s'efforçant de ne pas laisser paraître l'angoisse qui montait en elle.

Elle s'approcha de Gavin, l'embrassa et l'étreignit comme si elle eut craint de ne plus le revoir.

Elle regarda le *Molly* s'éloigner du port avant de reprendre sa bicyclette. Le temps était superbe et elle en remercia le Ciel car Gavin n'avait pas l'étoffe d'un marin. Il était vraiment curieux de constater comme ils avaient bien peu de goûts en commun. Elle haussa les épaules et songea que c'était la preuve que l'amour se moquait de ce qui n'était pas important.

Quand elle arriva à Whirlow vers neuf heures moins vingt, elle dut rebrousser chemin, la porte étant encore fermée. Au moment où elle franchissait le seuil de l'entrée, Dave sortit de la salle à manger.

— Vous êtes en avance, lança-t-il gaiement. J'allais justement vous appeler pour vous dire de ne pas vous déranger ce matin. Vous avez, tout comme moi, besoin d'un peu de repos... Nous avons abattu un tel travail ces jours derniers !

Théa faillit demander pourquoi Gavin n'avait pas le droit à quelques vacances lui aussi, mais elle préféra se taire. Elle hésita et déclara enfin :

— Il y a beaucoup à faire, pourtant. J'aime autant venir au bureau plutôt que de rester oisive chez moi !

— Que diriez-vous d'aller vous mettre en tenue pour une randonnée à cheval ? Je n'ai pas encore tout vu de l'île.

Théa le fixa longtemps, sans un mot. Elle ne comprenait pas cette attirance qui la poussait vers cet homme alors que tout en elle s'y refusait. Elle dit enfin :

— Vous désirez que je vous accompagne ?

— Oui, c'est vous qui connaissez le pays. Moi pas ! À moins que vous n'en ayez pas envie...

— Pas du tout ! s'écria-t-elle plus vite qu'elle ne l'aurait voulu. J'aime monter à cheval n'importe quand, ajouta-t-elle comme pour paraître désinvolte.

— Alors, je viendrai vous chercher dans une demi-heure. Aurez-vous le temps d'être prête ?

— Bien assez, et la selle de Lady va me changer de ma chaise de bureau, lança Théa en riant.

Quand elle rentra chez elle, sa mère était absente et son père n'avait pas fini ses consultations. Elle se changea rapidement, enfila un jean et mit un chemisier écossais en regrettant vivement de ne pas avoir de tenue de cheval. Elle avait acheté des bottes et une bombe quand Mme Templeton lui avait vendu Lady mais le reste de l'équipement s'était avéré trop petit pour elle. Elle se jura qu'à son prochain voyage sur le continent, elle ferait l'acquisition d'une paire de jodhpurs.

Dave arriva tandis qu'elle était en train de seller sa jument. Il montait le cheval bai.

— Quelle superbe bête ! remarqua-t-il sans mettre pied à terre. Elle a dû vous coûter une fortune !

— On me l'a vendue presque pour rien, répliqua Théa en serrant les sangles. Je l'ai achetée à quelqu'un qui quittait l'île.

— Cette personne devait avoir beaucoup d'amitié pour vous !

— Je le crois... Mais elle souhaitait par-dessus tout que Lady ait une bonne écurie.

— Heureuse Lady, jeta-t-il joyeusement. Je vous aide ?

— Non merci ! Je n'ai jamais pu m'habituer à avoir de l'aide, dit-elle.

— L'indépendance a vraiment du bon ! Gavin aime-t-il l'équitation, lui aussi ?

— Non, pas beaucoup. Il préfère la voiture !

— Il faudra voir alors à ce qu'il la conserve.

— S'il reste ! fit-elle en jetant un regard de côté.

— Vous en doutez ? s'étonna-t-il plus curieux qu'interrogatif. Sculla est sa maison, je le lui ai déjà dit !

Théa regrettait d'avoir trop parlé. Ce que Gavin lui avait confié ne regardait personne d'autre. Elle tenta de se rattraper en ajoutant :

— Il a pris vos remarques pour lui ! Je ne pense pas qu'il se soit trompé...

— Je n'aurais jamais pensé qu'il soit touché au point de songer à un autre emploi. Je ne le savais pas aussi sensible ! s'excusa-t-il avec une ironie telle que Théa en rougit.

— Il n'est pas... sensible à ce point ! riposta-t-elle, mais il est conscient de sa position ici. N'importe qui le serait à sa place, protesta-t-elle avec vivacité.

Tandis qu'ils traversaient le champ pour en atteindre la barrière, Dave fit marcher son cheval à côté de Lady. Ses deux mains puissantes tenant les rênes, il regardait droit devant lui, son profil se découpant contre le ciel clair. Il avait l'air sculpté dans de la pierre, remarqua Théa à part elle.

— La plupart des hommes préfèrent mener eux-mêmes leurs propres combats. Pensez-vous que Gavin apprécierait vos propos à son sujet ? questionna Dave avec nonchalance.

— Non, admit-elle. Car il m'avait demandé de n'en souffler mot.

— Vous auriez dû respecter sa volonté ! Vous ne pouvez pas passer votre vie à aplanir les difficultés des autres, Théa ! Il faut le laisser faire !...

Avant qu'elle n'ait pu répondre, il galopait loin devant. Songeuse, Théa réfléchissait à ses paroles. En effet, elle ne devait plus se mêler des affaires de Gavin...

Ils passèrent par le bois du Breuil et continuèrent au-delà de la ferme de la Noue. Ensemble, ils se mirent à galoper et s'arrêtèrent à l'endroit où, par beau temps, on pouvait voir à la fois les côtes est et ouest de l'île. Immobile et silencieuse, Théa contemplait la mer comme si plus rien au monde ne comptait pour elle.

— A quoi pensez-vous ? demanda-t-il doucement. A moins que je ne sois indiscret ?...

Il s'était approché d'elle et s'était arrêté, assis de travers sur sa selle, une jambe par-dessus le cou du cheval.

— J'étais en train de songer à quel point j'adorais Sculla et que ce serait affreux de devoir le quitter, murmura-t-elle la tête penchée.

— Ce n'est pas toujours possible de rester tels que nous sommes, soupira-t-il. Les circonstances changent, les gens changent... Un jour viendra où une petite île ne vous suffira plus, sinon pour y revenir de temps en temps quand vous serez lasse des autres...

— La plupart des gens que je connais ne s'en sont jamais lassés !

— Ils n'ont pas votre âge.

— Et Gavin ?

— Gavin aime jouer au châtelain, fit-il avec un petit sourire. Ce n'est pas en Angleterre qu'il pourrait le faire ! Quant à vous, vous êtes devenue insulaire, comme les autres.

— Même mon père ?

— En quelque sorte, oui. Il juge tout par rapport à Sculla. Les histoires du monde ne l'intéressent pas.

— Puisqu'elles ne nous concernent pas...

— C'est ce que je veux dire par insulaire.

Il se mit à la dévisager intensément. D'un regard étrange, il la scruta, les yeux gris se posant sur les cheveux auburn fous, sur le visage ovale et fin. Puis, d'une voix grave, il jeta soudain :

— Combien d'hommes avez-vous connus à part Gavin ?

— Je ne sais plus ! Je suis allée dans un collège mixte et Gavin n'est tout de même pas le seul homme de l'île...

— Combien en avez-vous connus intimement ? précisa-t-il.

— En quoi cela vous regarde-t-il ? protesta-t-elle, ulcérée, en se sentant rougir jusqu'à la racine des cheveux.

— En rien... Mais je pense que vous auriez dû attendre avant de vous lier à lui. Vous auriez été ainsi certaine de votre choix.

— Gavin est parfait ! s'écria-t-elle vivement.

— Qu'en savez-vous ?

Théa, hors d'elle, eut envie de hurler mais elle se domina et d'une voix blanche, parvint à articuler :

— Je n'ai pas besoin d'avoir de l'expérience pour en être sûre !

— Drôle de raisonnement ! sourit-il avec ironie. Je ne mets pas en cause les mérites de Gavin...

— Tant mieux ! Maintenant, parlons d'autre chose !...

Elle tira si violemment sur les rênes de Lady que l'animal eut un brusque mouvement de tête en signe de protestation.

— Passez donc votre colère sur quelqu'un, sur moi si vous le voulez, mais pas sur un cheval qui ne peut même pas vous rendre les coups, grinça-t-il d'un ton caustique.

— Pourquoi me persécutez-vous ainsi ? demanda Théa soudain désemparée. Que voulez-vous donc ?

— D'abord, vous êtes trop contente de vous ! Ensuite, vous êtes persuadée d'avoir toujours raison ! Et pour tout cela, je voudrais que vous changiez...

— Non, monsieur Barrington ! Je me connais mieux que personne et personne, même vous, ne me fera changer !

Elle avait déjà dévalé la pente quand elle l'entendit galoper derrière elle. Elle se retourna et en apercevant son expression elle comprit qu'il la poursuivait. Elle y vit un défi mais au lieu d'avoir peur, elle faillit éclater de rire. Elle éperonna Lady sans se soucier du risque qu'elle prenait en s'élançant ainsi d'un remblai.

Il la rattrapa en terrain plat et se pencha pour saisir les rênes de la jument, tout près du mors. Les deux animaux s'immobilisèrent. Dave sauta alors à bas de Major qu'il chassa d'une claque sur la croupe. Puis, il se planta devant Théa à qui il ordonna de descendre. Mais elle ne bougea pas, son cœur battant à tout rompre. Elle voyait les yeux gris étinceler, mais était bien incapable de deviner ce que Dave pouvait penser ou prévoir.

— Il est temps de rentrer, le jeu est terminé, fit-elle d'une voix calme.

Sans un mot, il la saisit par la taille et la fit basculer de la selle. Des deux mains, il la serra contre lui pour s'emparer de ses lèvres. Enfin, il releva la tête et elle le vit sourire.

— Vous ne savez pas très bien ce que vous voulez, lança-t-il avec ironie, sinon vous n'auriez pas apprécié autant...

Théa ne pouvait le nier. Il l'avait embrassée avec savoir-faire. Elle sentait encore la chaleur de sa bouche, son insistance provocante qui l'avait obligée à se rendre, à répondre.

— Je ne m'y attendais pas ! protesta-t-elle d'une voix rauque.

— Si je vous avais prévenue, vous auriez donc agi autrement ? riposta-t-il d'un ton doucereux, tandis que dans son regard s'allumait un éclat intense mais moqueur. Maintenant, vous vous méfierez !

Elle tenta de le repousser avec une violence qui les étonna tous les deux.

— Bien, je l'admets, c'était très agréable ! s'exclama-t-elle, furieuse. Est-ce bien ce que vous vouliez m'entendre dire ?...

— Bien sûr ! Mais de quoi donc avez-vous peur ? s'enquit-il en riant.

Elle le regarda droit dans les yeux, sans sourciller.

— Je n'ai pas peur mais je pense qu'il est inutile de renouveler l'expérience ! Si Gavin n'a pas votre... expérience, au moins je ne m'interroge pas pour savoir combien de femmes il a embrassées avant d'en arriver à cette perfection !

— Hum ! dit-il doucement. Vous y êtes allée un peu fort !

— Vous l'avez cherché ! rétorqua-t-elle, cinglante.

— Sans doute, murmura-t-il, en laissant retomber ses mains le long de son corps.

Il recula comme pour lui laisser le passage.

— Vous avez une forte personnalité, Théa ! sourit-il enfin avec une douceur qui l'étonna.

— Merci, fit-elle posément. Venant de vous, je suis certaine que c'est un compliment !

— Je n'en suis pas si sûr !...

Il hésita puis ajouta :

— Pourquoi ne déjeunerions-nous pas au *Chêne Royal* ?

— Il est à peine onze heures..., s'empressa-t-elle de dire, étonnée du changement soudain de Dave.

— Nous rentrerons par la route la plus longue...

En le voyant reprendre les rênes et remonter en selle, Théa se figea. Elle pouvait deviner à travers la légère chemise de coton sa puissante musculature. Et elle n'arrivait pas à se rendre compte qu'un instant plus tôt, elle était dans ses bras, les mains crispées sur ses larges épaules, le souffle coupé par la force qui émanait de lui tout entier. Dire qu'un seul baiser avait suffi pour éveiller en elle tout un monde inconnu qu'elle n'aurait sans doute jamais soupçonné avec Gavin !

« Il ne faut absolument pas que cela se reproduise, se jura-t-elle avec angoisse. Absolument pas ! »

4

Le *Chêne Royal* se trouvait en face de l'église qui avait été construite avec des pierres rapportées du continent. La paroisse avait déjà vu bien des prêtres aller et venir sur l'île et le dernier en date parlait de façon animée devant le pub avec Tom Crailee quand Théa et Dave arrivèrent à cheval.

— Vous avez montré Sculla à M. Barrington ? demanda-t-il à Théa lorsqu'elle mit pied à terre pour attacher sa jument à la grille. Quel beau temps pour une promenade ! Pourquoi n'essayeriez-vous pas de convaincre notre ami de se joindre à notre petit groupe du dimanche ? Jusqu'à maintenant, j'ai misérablement échoué ! ajouta-t-il sans aucune gêne.

— Il m'est bien difficile de persuader qui que ce soit, répondit-elle un peu déconcertée, d'autant plus que je ne donne pas souvent l'exemple moi-même...

— Je l'avais remarqué ! Mais pourtant, une heure par semaine, ce n'est pas trop demander... Si vous venez, M. Barrington vous suivra peut-être, poursuivit-il d'un ton suave.

— Cela m'étonnerait ! trancha Dave d'une voix aimable mais péremptoire. J'assiste seulement aux mariages et aux enterrements, et encore uniquement quand j'y suis obligé !

49

— Votre oncle, lui, était un des piliers de notre congrégation. Il n'a pas manqué un office en cinq ans.

— Grand bien lui fasse! Mais, au fait, que diriez-vous d'une autre tournée? proposa Dave en apercevant leurs verres vides sur la table.

— Pas pour moi, merci, dit le pasteur. Une pinte de bière par jour, c'est ma limite!

— Quant à moi, il est temps que je rentre, déclara Tom en se levant avec agilité malgré son poids. Je vois que vous montez Major, ajouta-t-il à Dave. Il faudrait peut-être bien regarder ses sabots. Il y a un bon moment qu'il n'a pas eu de nouveaux fers!

— On ne lui a pas assez fait faire d'exercice, reconnut Dave. Mais allez-y, emmenez-le avec vous, je le reprendrai après le déjeuner.

— A propos de déjeuner, il faut que j'aille manger le mien sinon il sera encore brûlé, soupira le révérend Conniston en se soulevant du banc avec effort.

D'un mouvement sec, il chassa une graine de pissenlit qui s'était déposée sur la manche de sa veste de tweed et, se tournant vers Théa, il ajouta :

— Il paraît que Gavin est sur le continent...

Théa opina de la tête en se demandant si les remords pouvaient se lire sur son visage. Ce n'était certes pas Gavin qui aurait passé sa matinée à embrasser une autre fille... Mais la présence de Dave à son côté était si palpable qu'elle aurait pu sentir ses mains sur elle.

— Voilà le mariage que tout le village attend, lança le pasteur. Quel beau couple, ils forment! N'est-ce pas monsieur Barrington?

— Tout à fait! convint-il avec ironie. A quand la cérémonie?

— La date n'est pas encore fixée, à moins que Théa...

— Nous avons l'intention de nous fiancer à Noël, murmura-t-elle mal à l'aise. Nous nous marierons au printemps.

— Il vaut mieux ne pas laisser traîner ce genre de choses, convint Dave avec légèreté.

— A Sculla, on ne se presse pas, protesta le vieil homme. Alors Théa, vous n'oubliez pas dimanche... Votre mère serait si contente que vous l'accompagniez !

— On dirait que vous êtes acculée, remarqua Dave en riant. Gavin est-il pratiquant ?

— Il allait à l'église régulièrement avec son beau-père. Il y va moins souvent maintenant. En général, nous passons nos dimanches à la plage.

— Voilà encore quelque chose que je devrais essayer ! Je pourrais peut-être prendre la place de Gavin, dimanche prochain...

Il n'y avait pas un seul client dans le petit salon-bar du *Chêne Royal*. Théa s'arrêta sur le seuil et, pour éviter de répondre à la dernière phrase de Dave, proposa plutôt la grande salle de restaurant.

— Pourquoi donc ? Nous sommes très bien ici ! Asseyez-vous, je vais chercher le menu.

— Je peux vous dire ce qui est prévu, c'est toujours le même repas : steak ou tourte à la viande avec petits pois !

— Parfait ! Je demande alors deux tourtes ! décréta-t-il.

Avant même qu'elle n'ait pu réagir, il était parti et elle s'installa sur un banc rembourré. Elle aurait voulu ne pas être seule avec lui, surtout depuis ce qui s'était passé le matin même. Tout entre eux avait changé à cause de ce baiser. La situation allait se compliquer pour elle. Théa se sentait attirée par lui, car il ne ressemblait à aucun des hommes qu'elle avait rencontrés jusque-là. De ce fait, Théa était totalement désarmée devant lui. Si seulement il n'était jamais arrivé à Sculla, comme tout aurait été plus simple ! soupira-t-elle.

Quelques instants plus tard, Dave revint, portant un plateau chargé de deux assiettes fumantes. Il les déposa sur la table, disposa leurs couverts puis prit place en face d'elle.

— Aimez-vous le cidre ? Parfait ! J'en ai commandé.

— Merci beaucoup... murmura Théa qui voulait de plus en plus oublier ce fâcheux intermède.

51

Elle décida que Dave avait sans doute été victime d'une impulsion subite sans conséquence. Mais si, au fond d'elle-même, elle était consciente que ce souvenir refuserait de disparaître au fin fond de sa mémoire, elle n'était pas encore prête à l'admettre.

Lorsque Dave se mit à évoquer le Domaine, elle se sentit soulagée. C'était un sujet qu'elle connaissait, dont elle pouvait parler, et le cidre aidant, tout serait plus facile. Cette boisson était fabriquée sur l'île mais en quantité trop restreinte pour être commercialisée. Théa en buvait très rarement car il était fort mais elle aimait son goût brut et délicieux.

Elle refusa en riant l'autre verre qu'il lui offrait.

— Encore un, et vous devrez me porter jusqu'à la maison ! J'ai déjà la tête qui tourne...

Dave l'observait, un léger sourire sur les lèvres.

— Il ne vous fera pourtant aucun mal...

— Etes-vous sûr que vous n'avez pas besoin de moi cet après-midi ? insista-t-elle gentiment.

— Le travail peut attendre. Profitez donc du reste de la journée et demain, venez au bureau, fraîche et dispose. C'est tout ce que je vous demande ! dit-il en se levant. Je vais régler l'addition et vous n'avez qu'à partir, il est inutile de m'attendre.

— Merci pour le déjeuner, déclara-t-elle un peu hésitante, inquiète de la façon dont il allait lui dire au revoir.

— Merci de votre compagnie... répliqua-t-il du même ton. A demain donc !

Après avoir laissé Lady dans le champ, Théa rentra chez elle vers deux heures. Sa mère jardinait tout en chantonnant.

— J'ai vu que ta selle avait disparu, fit-elle quand Théa lui eut expliqué d'où elle venait. Je ne savais que penser... C'est très gentil à M. Barrington de te libérer aujourd'hui.

— Il t'a conseillé de l'appeler Dave, lui rappela Théa. En m'invitant, il avait ainsi l'excuse de ne pas travailler, lui non plus! Il y avait pourtant beaucoup à faire à Whirlow!

— Voilà l'agrément d'être son propre maître! On organise son temps comme bon vous semble... Si tu n'as rien de prévu, tu pourrais peut-être m'aider au jardin! La pluie d'hier a revigoré toutes les mauvaises herbes, se plaignit Margaret Ralston en regardant sa plate-bande.

Gavin téléphona vers sept heures pour dire à Théa qu'il pleuvait à Truro, qu'il se sentait seul et malheureux et pour lui demander comment s'était passée sa journée.

Elle ne mentionna pas la randonnée à cheval en songeant qu'il serait maladroit de lui faire savoir que pendant son voyage d'affaire, elle, s'amusait. Théa lui raconterait à son retour. Elle lui assura que le week-end serait bien long sans lui. Dave aurait pu ne l'envoyer sur le continent que la semaine prochaine : à présent, il allait falloir attendre mercredi ou jeudi pour qu'il rentre à Sculla.

Le lendemain, elle ne vit Dave qu'un peu le matin et pour le déjeuner. Elle se demanda jusqu'à quel point il ne la fuyait pas. Décidément, se gourmanda-t-elle, elle donnait beaucoup trop d'importance à tout cela! Dave avait sans doute déjà oublié l'incident de la veille et si elle était raisonnable, elle devrait faire de même.

Le samedi était un jour très occupé pour Théa et Margaret Ralston. Elles étaient chargées des rafraîchissements pour la réunion du soir. Les bénéfices des repas, des boissons, iraient à la caisse du Festival d'Eté de la Saint-Jean. Cela n'ennuyait pas Théa de prêter main-forte d'autant plus que sa journée lui avait, pour la première fois de sa vie, paru interminable.

La soirée avait lieu à l'école, seul endroit assez vaste pour y recevoir environ cent cinquante personnes. Tous les samedis, des volontaires venaient ranger les chaises le long des murs et accrochaient des guirlandes, des banderoles pour donner à la pièce un air de fête. Hormis les très jeunes et les très vieux, tout le village était présent à cette occasion. Quatre hommes de l'île avaient formé un groupe musical qui remplaçait souvent l'électrophone par trop déficient. Dans une des classes, on pouvait jouer au whist, dans une autre au bingo, de telle sorte que chacun trouvait son bonheur.

Théa était persuadée que Dave Barrington ne viendrait pas assister à pareil événement. Aussi, quelle ne fut pas sa surprise lorsqu'elle le vit apparaître vers neuf heures trente à la porte de l'école. Habillé simplement mais avec élégance d'une chemise fauve au col ouvert, et d'un pantalon du même ton, il semblait tout à fait à l'aise.

D'abord réticent, le village avait enfin accepté le nouveau propriétaire. Après tout, il ne pouvait être un mauvais homme puisqu'il s'apprêtait à prendre en main leurs soucis et leurs besoins. Etranger ou non, il allait avoir sa chance.

Il fut sans doute touché des marques de sympathie qui l'accueillirent mais n'en montra rien et il se dirigea vers le stand des boissons tout en bavardant aimablement avec tout le monde. Du regard, il ne quittait pas Théa.

— Un café, s'il vous plaît, demanda-t-il en plongeant la main dans sa poche pour y chercher de la monnaie. Combien vous dois-je ?

— C'est la maison qui vous l'offre, monsieur Barrington ! s'écria joyeusement le révérend en s'approchant de lui. Prenez donc aussi un petit gâteau, Théa les a confectionnés elle-même...

— Alors, je ne peux pas refuser ! J'ignorais que la cuisine fût un de vos passe-temps, s'étonna-t-il en la dévisageant de ses yeux gris.

— Pas la cuisine, rectifia-t-elle, la pâtisserie ! Et mes essais ne sont pas toujours concluants...

— Oh mais si ! C'est absolument délicieux, déclara-t-il en mordant le gâteau.

— La danse va recommencer, lança le pasteur. Théa serait sûrement ravie d'être votre partenaire...

— M. Barrington préfère peut-être la choisir lui-même, coupa vivement Théa, agacée par les suggestions intempestives du révérend Conniston. Pourquoi ne pas inviter plutôt Sally Anders ? proposa-t-elle à Dave en lui désignant une jeune fille blonde.

Il ne prit même pas la peine de tourner la tête.

— J'opte pour la première solution ! A moins que vous ne puissiez être remplacée... sourit-il.

— Je m'en charge, offrit la mère de Théa. Comme c'est gentil à vous d'être venu ! ajouta-t-elle à l'intention de Dave. Les villageois vont beaucoup apprécier votre geste.

Les mains soudain moites, Théa abandonna son tablier sur une chaise. Elle regretta tout à coup de ne pas avoir choisi une tenue plus seyante au lieu de sa jupe et son chemisier de coton bleu. Mais Dave l'entraînait déjà vers la piste au son d'une valse. Comme elle aurait aimé une danse moderne, où l'on n'était pas obligés d'être si proches l'un de l'autre !

— Calmez-vous, murmura-t-il quand il la prit dans ses bras. Je ne suis pas un redoutable monstre !

— Tant mieux !

Sa voix était si faible qu'elle s'entendit à peine lui répondre. L'impression de chaleur qui irradiait dans son dos la troublait à tel point qu'elle chercha en hâte quelque chose à dire. Elle s'empressa alors de lui demander pourquoi il ne lui avait pas parlé de son intention d'assister au bal.

— Parce que je l'ignorais moi-même. J'avais pensé que Janine m'accompagnerait, mais elle n'en avait pas envie.

— Mme Barrington n'apprécie guère ce genre de soirées. Votre oncle et elle ne venaient que par devoir.

— Qu'est-ce qui peut bien retenir une femme comme elle sur cette île ? questionna Dave, intrigué. Elle n'est tout de même pas très âgée pour mener ce genre de vie recluse.

Théa faillit lui avouer qu'elle restait seulement pour son fils tant qu'il y avait encore l'espoir pour lui de garder le contrôle de Sculla. Si Dave décidait de ne pas s'en aller, alors sans doute serait-elle obligée de changer de tactique.

Dave avait demandé qu'après la valse on joue un quick-step bien qu'il ne fût pas familier avec ce genre de rythme.

— Le club de Colesburg donne des soirées comme celle-ci ! déclara-t-il en riant. Elles sont un peu plus sophistiquées mais dans le fond, c'est la même chose ! Les villes d'Afrique du Sud sont petites et simples. Pour plus de distractions, nous devons aller à Durban...

— On dirait que cela vous manque, remarqua Théa qui avait perçu le ton mélancolique de sa voix.

— Je n'en sais rien, répliqua-t-il en haussant les épaules. Je ne me suis jamais absenté assez longtemps pour le dire... Mais Dieu qu'il fait chaud, ici ! grimaça-t-il. Sortons un peu prendre l'air !

Théa ignora les regards qui se rivèrent sur eux quand ils franchirent la porte. Depuis que Dave était à son côté, elle aurait voulu que la soirée dure toute la nuit.

Les étoiles brillaient dans le ciel clair et le parfum des orangers en fleurs embaumait l'air de senteurs délicates.

— Si seulement le temps pouvait être aussi beau tout l'été ! soupira Théa. Il pourrait aussi bien neiger demain !

— N'exagérez pas ! gronda-t-il doucement. Même en hiver, cela ne doit pas arriver souvent par ici. Mais en fait, ajouta-t-il avant qu'elle n'ait pu répondre, je ne vous ai pas emmenée avec moi pour que vous me parliez du temps !

Elle garda le silence, trop peu sûre d'elle-même pour dire un mot. Dave s'était appuyé contre le montant de la barrière, un pied posé sur l'une des traverses, bloquant ainsi l'éventuelle retraite de Théa.

— Si vous ne travailliez pas à Whirlow, que feriez-vous à Sculla ? s'enquit-il.

— Pas grand-chose, admit-elle. C'est parce qu'il y a très peu de travail sur l'île que tant de jeunes s'en vont sur le continent.

— Sans cet emploi, vous auriez donc dû faire comme eux. A moins que vos parents ne vous aient entretenue ?

— Je n'aurais pas voulu qu'ils le fassent ! Qu'essayez-vous de me dire au juste ? s'enquit Théa, inquiète de la tournure que prenait la conversation.

Le visage levé vers lui, elle tenta de déchiffrer son regard, mais au clair de lune, elle ne vit rien qui eût pu l'apaiser.

— Je me renseignais, c'est tout, la rassura-t-il.

— J'ai cru que vous alliez m'annoncer que vous n'aviez plus besoin de moi ici ! dit-elle en poussant un soupir de soulagement.

— En ce moment, avec tout le travail qui s'annonce ? Nous avons bien trop de choses à faire pour envisager cette solution ! ajouta-t-il froidement. Mais j'ai déjà pensé qu'il faudrait trouver quelqu'un pour vous remplacer un an ou deux, le temps pour vous d'aller sur le continent pour découvrir de nouveaux horizons.

— Je l'ai déjà fait, précisa Théa. J'ai passé deux ans au Collège, sans parler de l'école.

— La vie en groupe...

— Pas du tout ! coupa-t-elle. Je n'étais pas en pension. Pendant la semaine, je logeais chez une sœur de mon père, à Exeter. Je ne rentrais ici que pour les week-ends et les vacances.

— Vous dépendiez encore des autres. Ce qu'il vous faudrait, c'est être seule, responsable de vous-même. Avec vos capacités, vous devriez aller à Londres, vous y trouveriez sûrement un poste intéressant.

— Je ne crois pas que ce soit à vous de me suggérer ce qui me convient ou non, lâcha-t-elle assez sèchement après quelques minutes de réflexion.

— Peut-être... Mais quelqu'un devrait s'en charger à ma place. Comment pouvez-vous savoir ce que vous attendez de la vie si vous n'avez aucune expérience ? En épousant Gavin, vous aurez à envisager de longues années ensemble, si c'est ainsi que vous entendez le mariage... Vous voyez-vous vraiment vieillir à ses côtés ?

— Qui peut regarder l'avenir aussi loin ? lança-t-elle négligemment. Vous l'avez dit vous-même : les gens changent ! Comment savoir si les changements seront bons ou mauvais...

— Gavin n'est pas un homme pour vous, insista Dave. De même que vous n'êtes pas la femme qu'il lui faut !

— Ce n'est pas vrai ! s'exclama-t-elle d'une voix vibrante à la fois de colère et d'une émotion qu'elle ne parvenait pas à expliquer. Nous sommes faits l'un pour l'autre !

— Si vous en étiez vraiment persuadée, vous ne seriez pas ici, en ce moment, avec moi, murmura-t-il d'un ton suave. Surtout après l'autre matin...

— Cela ne signifie rien, ni pour moi, ni pour vous ! répliqua-t-elle, furieuse. Si j'avais essayé de vous repousser, vous auriez été encore plus insistant !

— Comme ceci ? fit-il brusquement en l'attirant contre lui.

Il s'adossa à la grille, glissa sa main sous les courtes mèches bouclées et caressa sa nuque. Malgré la douceur de son geste, Théa sentit sa sourde détermination.

— Dave, non... gémit-elle d'un ton plus ferme que suppliant, tout son corps tendu sous le frôlement de ses doigts. Je ne suis pas prête à partager vos jeux...

— Alors il est temps que vous appreniez ! Au moins pour vous en défendre...

Il l'embrassa tout près de l'oreille, déposant un baiser doux et tendre contre sa peau palpitante. Théa ferma les yeux tandis que ses lèvres descendaient vers sa bouche. Elle n'avait même plus envie de résister, et pourtant, elle avait deviné instinctivement que tout cela allait arriver. Malgré tout, elle l'avait suivi pour cette promenade.

De toutes ses forces, elle parvint à demeurer insensible sous ses caresses. Mais quand il tenta d'effleurer sa gorge, elle réagit violemment en lui agrippant le poignet.

— Là, vous allez trop loin ! parvint-elle à articuler.

— Vraiment ? interrogea-t-il d'une voix presque dure. Je ne suis pas sot, Théa, je devine très bien la passion qui sommeille en vous. Alors pourquoi la nier ? Voulez-vous dire que Gavin ne vous a...

— Je vous interdis d'aller plus loin. Je refuse de répondre à ces questions ! coupa-t-elle ulcérée.

— C'est inutile, vous l'avez fait sans le vouloir. Ne vous est-il jamais venu à l'idée qu'un homme qui ne désire pas une femme puisse ne jamais la désirer ?

— Pourquoi voudrait-il m'épouser ? rétorqua-t-elle agressive.

— Oh, pour beaucoup de raisons, certainement ! Vous étiez là, disponible et jolie... Sa mère n'a pas l'air d'approuver ce mariage.

— Oui, depuis que... s'interrompit-elle en se mordant les lèvres. Ce n'est pas à elle de décider !

— Depuis qu'elle a découvert qu'il y avait un héritier au Domaine, acheva-t-il pour elle. Si vous le saviez, pourquoi Gavin et sa mère l'ignoraient-ils ?

— Gavin était au courant, c'est lui qui me l'a révélé. Mais il a agi avec sa mère comme le faisait votre oncle. Il voulait lui épargner l'inquiétude de l'avenir.

— C'est dommage qu'ils n'aient pas eu d'enfant à eux... remarqua enfin Dave, songeur. Au moins, je n'aurais pas été mêlé à tout cela ! Pour Gavin cependant, le problème resterait inchangé...

— Pas tout à fait. Un demi-frère l'aurait peut-être considéré autrement... Dave, maintenant, laissez-moi partir, demanda-t-elle en sentant ses bras resserrer leur étreinte. Les gens vont commencer à jaser...

— Nous rentrerons dès que vous aurez été honnête avec vous-même, décréta-t-il. Vous n'êtes pas sûre de vos sentiments pour Gavin, n'est-ce pas ? L'êtes-vous ? insista-t-il.

— Théa, Théa ! Nous t'attendons pour tirer la tombola ! cria Margaret Ralston en cherchant sa fille dans le noir.

Théa frissonna à l'idée que sa mère eût pu les surprendre. Elle s'écarta de Dave qui la regarda s'éloigner, ses yeux luisant sous le clair de lune.

— Je n'en ai pas encore fini avec vous, promit-il. Nous allons mettre à jour la vraie Théa Ralston !

Elle ignora sa réplique et se mit à courir vers l'école. Dave la rattrapa alors qu'elle allait franchir la porte. Quand il vit Margaret Ralston, il sourit et lança :

— Je suis désolé d'avoir retenu aussi longtemps votre fille. Je devais lui parler des affaires du Domaine.

Mme Ralston, l'air enfin rassuré, lui demanda s'il allait finir avec eux la soirée.

— Non, hélas ! J'ai promis à Janine de lui tenir compagnie. Elle se sent très seule sans Gavin.

Il les salua de la tête et disparut dans l'ombre des arbres.

Margaret se tut jusqu'au moment où, dans le corridor, elle déclara à Théa :

— Tu as eu tort de rester aussi longtemps dehors ! Tu sais comme les gens jasent...

— Ils n'ont donc rien d'autre à faire ! s'exclama la jeune fille qui se rendit compte alors de sa brusquerie. Excuse-moi, je suis sotte ! Mais qui a décidé que je devais m'occuper de la tombola ?

— Le révérend, il me semble.

« Décidément, songea Théa, ce brave homme se soucie de mon salut ! » Elle eut envie de rire. « Et s'il ne m'avait pas poussée vers Dave, rien ne serait arrivé ce soir. » Mais une petite voix en elle lui certifiait le contraire : elle était bel et bien responsable de ce qui s'était passé...

Elle dormit mal cette nuit-là et se leva à sept heures pour constater que la brume du petit matin promettait une belle journée. Dans la cuisine, son père préparait du thé pour sa femme.

— La météo prévoit un temps variable pour deux ou trois jours, lui annonça-t-il. Comment était-ce hier soir ?

— Très bien ! Tu aurais dû venir.

— Pas quand j'ai un bon livre à lire, dit-il en riant. Il paraît que Dave était là ?

60

— Il n'est pas resté longtemps. Il ne voulait pas laisser Mme Barrington seule.

— Comme c'est gentil à lui ! On dirait que vous vous entendez mieux, tous les deux ? ajouta-t-il après un instant d'hésitation.

— Nous n'avons pas toujours le même point de vue, reconnut-elle avec sincérité... Il fait beau aujourd'hui, ajouta-t-elle pour changer de sujet, j'ai bien envie d'aller avec Lady jusqu'à la plage.

— Sois prudente ! lui recommanda-t-il.

Il prit le plateau et glissa le journal sous son bras. Au moment de sortir, il se tourna vers sa fille :

— Si tu savais comme je suis content de ne pas avoir de visites à faire... A moins d'une urgence ! Viens-tu avec nous à l'office, tout à l'heure ? demanda-t-il en souriant.

— Je devrais peut-être, même si un seul sermon du révérend Conniston suffit à dégoûter n'importe qui de l'Eglise !

— Nous avons tous à nous racheter pour nos péchés, s'esclaffa son père.

Et Dave ? faillit-elle dire avec cynisme tandis qu'elle se versait un verre de jus d'orange. On pouvait en douter car il ne devait pas se considérer comme coupable, en quoi que ce soit. Il agissait pour son bien à elle, ne l'avait-il pas précisé ? Pour lui ouvrir de nouveaux horizons... Théa grimaça. Elle avait parfaitement saisi le message !

5

Après la messe, quand les paroissiens sortirent de l'église, Théa laissa ses parents bavarder avec des voisins et courut se changer pour monter Lady. Quelques instants plus tard, elle galopait à travers le Bois du Breuil en direction de la plage.

Ce jour-là, la mer s'était retirée assez loin pour permettre l'accès d'une baie d'habitude hors d'atteinte par la plage. La marée remonterait seulement deux heures plus tard et Théa calcula qu'elle avait le temps de s'y rendre.

A cet endroit de la falaise se trouvaient des grottes que Gavin et elle avaient déjà explorées, et à l'entrée de l'une d'elles, Théa enfila son maillot de bain. Elle roula ses vêtements dans une serviette qu'elle posa sur un rocher, à l'abri du sable. Puis, avec quelques difficultés, elle enfourcha sa jument qu'elle montait à cru et des deux genoux elle dirigea l'animal vers les vagues.

Lady aimait la mer ainsi que l'avait dit Mme Templeton et Théa avait pu s'en rendre compte à plusieurs reprises. Le ventre léché par l'eau, elle levait la tête comme pour humer le vent et, les naseaux frémissants, elle avançait au milieu des embruns.

Théa se laissa glisser dans les flots pour nager jusqu'au promontoire. Là, elle ferait demi-tour et reviendrait chercher Lady avant qu'elle ne s'éloigne en quête d'un pâturage.

Elle avait averti Dave un jour en le mettant en garde contre les courants dangereux mais, de ce côté de l'île, Théa ne craignait rien. Soudain, elle sentit un tourbillon l'attirer vers le fond. Une intense peur la saisit et elle dut se reprendre pour ne pas céder à l'affolement. Elle allait avoir besoin de tout son sang-froid pour s'en sortir car déjà les rochers s'éloignaient d'elle à une vitesse vertigineuse. Si elle parvenait à traverser le courant le plus rapidement possible, elle éviterait peut-être d'être emmenée au large. Mais entre prévoir les gestes et les exécuter, il y avait un monde... Quand enfin, elle se dégagea du tourbillon, Théa se rendit compte qu'elle s'était écartée d'au moins cinq cents mètres. Elle était épuisée mais n'avait pourtant nagé que quelques minutes. Loin de la côte, le vent soufflait, la mer était froide et agitée. Sans gilet de sauvetage pour la soutenir, Théa avait du mal à maintenir sa tête hors de l'eau. Quant à flotter, il n'en était même pas question. Elle allait devoir faire appel à toutes ses ressources pour parvenir à s'en tirer. Résolument, elle fixa les falaises et commença sa progression à contre-courant.

Quelques minutes après, elle comprit qu'elle n'allait pas pouvoir continuer. Ses bras étaient lourds comme du plomb et elle essaya de faire la planche pour reposer ses membres. Mais elle s'enfonçait irrésistiblement dans l'eau. Une vague gifla son visage, puis une autre et elle haleta, pratiquement étouffée. La terreur s'empara d'elle, lui faisant perdre tous ses moyens. Théa se débattit frénétiquement et immédiatement, elle coula et avala de l'eau. Horrifiée, elle eut le pressentiment que la fin était proche.

Soudain, elle fut happée par des bras qui la serraient comme un étau de fer et elle en éprouva un immense soulagement. Le soleil brillerait donc encore pour elle !

— Laissez-vous faire ! lui ordonna Dave au moment

où elle tentait de se dégager. Restez tranquille, je vous ramène !

Théa s'efforça de lui obéir tandis qu'il se dirigeait lentement mais sûrement vers le sable. Elle était sauvée, Dave ne la laisserait pas se noyer... Elle était saine et sauve !

Il mit très longtemps à arriver sur le rivage. Quand enfin il eut pied, Dave était épuisé. Chancelants, ils sortirent de l'eau et s'effondrèrent ensemble sur le sable où, inertes, ils reprirent lentement leur souffle. Théa, étourdie, ne pouvait admettre qu'une chose aussi horrible avait failli lui arriver par un si beau jour... Si Dave n'avait pas été là, elle ne serait plus de ce monde. Elle serait encore là-bas, engloutie inexorablement et elle ne verrait plus ni le soleil, ni le ciel, elle ne verrait plus rien...

Un sanglot lui noua la gorge et un terrible frisson parcourut son corps.

— Laissez-vous aller si vous vous sentez malade, murmura Dave sans bouger. Vous devez avoir avalé beaucoup d'eau...

— Non, ça va... fit-elle d'une voix lointaine qui lui donna l'impression que quelqu'un d'autre avait parlé à sa place. Merci... hoqueta-t-elle des larmes plein les yeux. Comment avez-vous su, je veux dire où...

— J'étais venu me baigner, expliqua-t-il toujours immobile. J'ai vu les traces de Lady, je les ai suivies et alors je vous ai aperçue dans le courant... Vous dériviez diablement vite ! Je suis persuadé qu'il y a une rivière souterraine à cet endroit de la baie.

— C'est ce que je crois... Je n'étais jamais venue par ici auparavant... La mer ne se retire aussi loin que quelques jours par an. Dave... commença-t-elle sans pouvoir empêcher la douleur qui lui serrait la gorge.

Il se mit debout et lui tendit la main.

— Oubliez tout cela ! Vous avez besoin de vêtements bien chauds... Où se trouvent les vôtres ?

— Là-bas, indiqua-t-elle en agitant la main. La grotte...

64

D'un geste vif, il repoussa une mèche de cheveux et la regarda d'un air attentif.

— Pouvez-vous vous débrouiller toute seule ?...

— Oui, je vais y arriver...

— Bien, alors j'y vais ! Je prendrai mes affaires en même temps. Jamais de ma vie, je ne me suis déshabillé aussi vite, déclara-t-il en s'efforçant de sourire.

Théa le vit s'éloigner vers la plage où gisaient un peu partout des vêtements éparpillés. Dans ce maillot de bain bleu marine, son corps dévoilait toute sa puissance. Les épaules larges, les hanches étroites, Dave était bâti harmonieusement. Sur sa peau cuivrée luisaient mille gouttelettes salées. La gorge encore douloureuse, elle se leva, pour se diriger à son tour vers la grotte.

Près de la falaise, les deux chevaux attendaient leurs cavaliers. Théa constata que Dave avait pris l'étalon gris ce jour-là, une bête beaucoup plus racée que Major mais très nerveuse. Elle s'étonna de le voir aussi calme en compagnie de Lady.

Quand elle se fut rhabillée, Théa se sentit mieux malgré ses jambes qui menaçaient de se dérober sous elle. Elle fit un effort pour que Dave ne s'en rende pas compte quand il revint vers elle, un large sourire aux lèvres.

— Vous avez finalement eu votre baignade ! Evidemment, elle a été plus mouvementée que prévu... Que pensez-vous d'une médaille ? lança-t-elle en guise de plaisanterie.

Le sourire de Dave se figea et il parut agacé.

— Je n'ai pas besoin de médaille... Je veux juste votre promesse de ne plus jamais nager seule !

— Vous voulez dire ici ? Comptez sur moi ! s'exclama-t-elle en riant.

— Je veux dire : n'importe où !

Stupéfaite, Théa le dévisagea, bouche bée.

— Mais c'est ridicule ! Depuis l'âge de huit ans je viens toujours dans cette crique, et toute seule !

— Mettons que je sois stupide, je l'admets ! Mais j'exige cette promesse !...

Théa se mordit les lèvres. Elle avait beau être consciente qu'elle lui devait la vie, elle ne voulait pas s'engager à ce point.

— Si je vous promets de ne plus me baigner seule dans un endroit que je ne connais pas, cela vous ira-t-il ?

— Il le faudra bien, grommela-t-il en haussant les épaules.

Honteuse de son ingratitude, elle lui tendit la main au moment où il allait s'éloigner. Elle murmura :

— Dave... Je suis désolée, j'ai vraiment un caractère horrible ! Bien sûr, je vous le promets !

Pendant quelques secondes, une étrange lueur passa dans ses yeux puis d'un seul coup, son sourire revint.

— Non, vous aviez raison ! C'est idiot... Vous êtes une adulte, pas une enfant. D'un autre côté, poursuivit-il d'un ton badin, si vous recommencez quelque chose d'aussi idiot, je me dirai que vous avez désobéi et alors... j'agirai en conséquence. D'accord ?

— Entendu ! Je m'en souviendrai...

— Vous avez l'air encore un peu étourdie, remarqua-t-il. Avez-vous apporté de quoi boire ?

Théa montra de la tête les deux sacs pendus à la selle de Lady dans lesquels elle avait emporté du café, des sandwichs et même de l'avoine pour la jument.

— Puisque vous vouliez pique-niquer, nous allons le faire ensemble. A moins que vous ne préfériez rentrer chez vous pour vous reposer.

— Non ! répondit-elle vivement. Il ne faut pas que ma mère apprenne cet... incident. Elle serait terrorisée !

— Je serai muet, promit-il en hochant la tête. Maintenant, venez, nous allons boire un café bien chaud !

Le liquide brûlant et fort revigora Théa malgré le trouble qu'elle éprouvait en sentant Dave si proche d'elle. Il y avait aussi cette odeur d'iode qu'elle n'oublierait jamais et qui dorénavant serait toujours liée au souvenir de Dave.

— Avez-vous l'intention de rester ici ? s'entendit-elle demander alors qu'elle voulait parler de tout autre chose.

— Désirez-vous que je reste ?

— Vous me mettez dans l'embarras, rétorqua-t-elle en riant avec désinvolture.

— Vous prenez toujours votre temps avant de répondre, je l'ai remarqué, fit-il en se tournant vers elle.

— Souvent, en effet ! Mais pas avec vous, après tout je vous dois la vie ! riposta-t-elle.

— Donnez-moi votre réponse comme si nous étions encore hier...

Théa réfléchit car elle voulait rester objective.

— Vous feriez beaucoup de bien à Sculla en ne partant pas, et d'ailleurs, vous en avez déjà fait. Avec les mains libres, Gavin aussi pourrait y parvenir... Vous n'avez jamais connu son oncle. Je vous assure que personne ne pouvait le faire changer d'avis quand il avait décidé une chose. Une fois par an, il déterminait les dépenses du Domaine et si un imprévu se présentait, il n'en tenait aucun compte !

— Il n'aurait pas dû conserver la gérance du cartel, décréta calmement Dave. J'ai vu la copie du contrat qu'avait rédigé Harry Barrington. N'importe quel avocat compétent aurait pu l'obliger à débloquer les fonds indispensables !

— Oui, avec un procès ! Gavin ne pouvait tout de même pas attaquer son beau-père en justice, protesta-t-elle.

— Il est certain que sa position aurait été alors très délicate, convint Dave avec dureté. C'est bien entendu une question de priorité...

Elle médita en silence le coup qu'il venait de lui porter. Sereine, elle parvint enfin à articuler :

— L'auriez-vous fait, vous ?

— Oui, si tout le reste avait échoué ! assura-t-il sans hésiter.

— Mais tout de même il y avait d'autres moyens !...

— Non, je ne le pense pas ! Même avec vous, Gavin échoue !

— Si c'est vrai, les situations ne sont en rien comparables ! s'écria-t-elle avec violence.

— C'est tellement vrai que je peux vous garantir que Gavin n'a rien d'un meneur, c'est un second. En ce moment, il est déchiré entre sa mère et vous...

Théa s'était redressée, le dos raide, les gestes saccadés.

— Cela revient à dire que je l'ai poussé au mariage !

— Ce ne serait pas la première fois, lança-t-il avec impertinence. On voit bien que vous n'êtes pas amoureuse de lui ! C'est tellement évident !

Elle se figea, les yeux fixés droit devant elle.

— Pourquoi en êtes-vous si sûr ? murmura-t-elle.

— A cause de ceci, marmonna-t-il en l'attirant vers lui.

Lèvres pincées, Théa tenta de se dégager mais se retrouva blottie contre lui, lui rendant ses baisers, nouant ses bras autour de sa nuque pour que se resserre davantage son étreinte. Il la serrait avec passion contre lui et elle aurait voulu se fondre dans cet homme qui la bouleversait contre son gré, qui éveillait en elle tant de sensations inconnues.

— Est-ce comme cela avec Gavin ? souffla-t-il, sa bouche sur son oreille.

Elle secoua la tête avec désespoir.

— Non, il n'a pas votre expérience !

Il se mit à rire doucement.

— Si vous étiez vraiment amoureuse, vous vous moqueriez de savoir s'il a ou non de l'expérience. Et vous préféreriez être avec lui qu'avec moi ! Ne faites pas l'enfant, Théa ! Jamais Gavin ne vous épanouira...

— C'est faux ! cria-t-elle en se redressant, les doigts tremblants, crispés sur son chemisier. Il n'y a pas que... cela, dans l'amour !

— Peut-être, admit Dave. Mais sans « cela », vous trouverez le mariage bien insipide. Celle que j'enlaçais tout à l'heure était la vraie Théa !

— C'est vous qui me rendez ainsi, répliqua-t-elle. Cela ne signifie rien du tout !

— Pas pour moi... Pourquoi ne pas essayer de faire revivre cette Théa ? fit-il en souriant.

« Ne me touchez pas », faillit-elle hurler.

Mais quand elle vit l'ironie de son regard, elle murmura :

— Tout est de ma faute, vous avez raison de mal me juger !

Il la contempla intensément, d'un air étrange.

— Pourquoi ne voulez-vous pas y faire face ? Ce n'est pas l'homme que vous aimez, mais une manière de vivre. Vous avez cru qu'en épousant Gavin vous n'auriez pas à quitter l'île, car vous ignoriez cette histoire d'héritage. Vous pensiez que Gavin allait reprendre la succession de son beau-père.

Théa se sentit désespérée et impuissante. Il fallait à tout prix qu'il la croie et elle ne savait comment lui faire admettre la vérité.

— Jamais je n'ai pensé à la mort de Douglas ! Personne n'y songeait ! On le croyait éternel...

— Je vous accorde donc que vous n'avez pas eu envie de devenir la maîtresse de Sculla. Vous n'êtes pas une aventurière, c'est vrai. Mais Gavin n'est pour vous qu'une fin ! Vous n'êtes pas amoureuse de lui.

— Vous vous trompez, protesta-t-elle d'une voix rauque. Il sait que je suis prête à aller sur le continent pour y vivre avec lui...

— Oh, bien sûr ! Vous partiriez... mais il n'y a qu'à Sculla que vous pouvez rester ensemble. Sculla vous unit en quelque sorte ! D'ailleurs, Janine pense comme moi !

Les yeux verts de Théa étincelèrent de colère.

— Vous a-t-elle obligé à en parler ?

— Personne ne m'oblige à quoi que ce soit, répondit-il enfin d'une voix apparemment calme. J'essaie seulement de vous ouvrir les yeux ! Vous ne pouvez tout de même pas passer votre vie à vous cacher la vérité !

— C'est ma décision ! s'insurgea Théa, ulcérée.

— Oui, mais je veux la faire mienne !

De ses longs doigts hâlés, il lui saisit le bras et

l'empêcha de s'éloigner. Sur son visage, Théa put lire une expression farouche qui la fit frissonner.

— Je ne vous laisserai pas faire, Théa, ajouta-t-il. Vous pouvez en être certaine !

Elle le défia du regard, les lèvres pincées.

— Vous ne m'arrêterez pas !

— Nous verrons bien, acquiesça-t-il d'un ton badin. Si nous rentrions maintenant...

Théa s'empressa d'accepter, son esprit affolé était aux prises avec trop d'émotions. N'avait-elle pas tellement souhaité qu'il l'embrasse à nouveau ? Et dans ses bras, son trouble avait été si grand qu'elle s'était vraiment sentie devenir quelqu'un d'autre. Elle se promit d'éviter à tout prix ces écarts. Mais que ferait Dave quand elle lui montrerait la détermination dont elle était capable ?

Gavin revint le mercredi avec, en poche, les devis des trois ou quatre compagnies qu'il avait contactées. Dave alla le chercher au port en voiture pour le ramener déjeuner à Whirlow. Il prit le plus long chemin pour rentrer et Théa le soupçonna d'avoir traîné en route pour l'empêcher d'avoir un seul instant d'intimité avec son futur fiancé.

Elle écoutait d'une oreille distraite la conversation des deux hommes, perdue dans ses pensées. Elle appréciait que Dave n'ait pas renouvelé ses avances et pourtant, sa mémoire avait fidèlement gardé tous les détails de leur fougueuse étreinte. Mais il ne fallait pas confondre l'attirance physique qu'elle éprouvait pour Dave avec le sentiment profond qui l'unissait à Gavin. Et puis, si Gavin ne parvenait pas à l'émouvoir comme le faisait Dave, ce n'était pas sa faute. Il n'avait peut-être pas d'expérience, mais au moins, il n'avait pas un passé lourd d'aventures !

— Ce travail va-t-il prendre beaucoup de temps ? demanda Janine Barrington qui commençait à s'ennuyer. J'ai bien envie d'aller rendre visite aux Lester, à Gloucester. Ils m'ont invitée à plusieurs reprises.

— C'est une excellente idée! acquiesça Dave avant que quiconque n'ait pu parler. Les travaux ne vont pas s'étendre sur toute l'île mais il y a ici deux ou trois choses que je désire arranger. Les cuisines, par exemple! Mme Murray a bien du courage d'exercer ses talents dans de telles conditions!

— Cela signifie donc que toute la maison va être bouleversée! Quand voulez-vous commencer?

— Cela dépend de l'entrepreneur. Dans une quinzaine de jours si j'accepte le devis de Lawson.

— Le plus cher? s'étonna Gavin. Bailey en demande le tiers!

— Oui mais Lawson connaît mieux ce genre de travail. Ils ont tous deux bonne réputation, donc nous ne perdrons rien. Le facteur décisif, c'est le temps! Bailey ne peut rien entreprendre avant la mi-août, au moment des moissons...

— Mais les autres sont moins chers et ils sont disponibles tout de suite!

— Ils ne sont pas assez chers, assura Dave.

— Ce n'est qu'une évaluation approximative!

— Fondée sur des détails précis, exposés avec soin, il me semble. Lawson nous propose même un architecte avant l'arrivée des ouvriers.

— Allons-y pour Lawson, déclara Gavin d'un air résigné. Je vais m'en occuper tout de suite.

— J'ai vu votre père au village, annonça Dave en se tournant vers Théa. Paul Morrow va pouvoir quitter l'hôpital dans un jour ou deux.

— Il va mieux, je le sais, mais on ignore toujours ce qu'il a eu exactement. J'espère que la mer sera calme pendant sa traversée de retour, ajouta-t-elle.

— C'est bien pour cela que je vais partir demain pour Penzance y chercher l'hélicoptère qui m'attend.

— Vous pilotez? demanda Théa en hésitant.

— J'ai une licence. Plus tard, nous essayerons de trouver un pilote professionnel. Je pense que vous devriez venir avec moi pour ramener cet enfant. Nous pourrions être de retour pour le thé, demain.

— Ce serait plutôt au Dr Ralston de prendre l'accompagnement en charge, protesta Gavin. Le petit garçon est son malade !

— En avez-vous déjà parlé à mon père ? questionna Théa avec empressement.

— C'est lui qui m'a conseillé de vous le demander. Vous êtes une amie de cette famille et ainsi, Paul devrait se sentir en sécurité avec vous.

— Je connais tout le monde à Sculla, répondit-elle, acide. Il n'y a pas de raison pour que ma présence sécurise plus Paul !

— Sauf que c'est à vous qu'on fait appel ! riposta Dave.

— Pourquoi Gavin ne pourrait-il pas y aller à la place de Théa ? s'enquit Janine, les sourcils froncés.

— Votre fils vient à peine de rentrer, rétorqua Dave froidement. De toute façon, je me demande jusqu'à quel point cet enfant serait mieux dans les bras d'un homme...

Gavin, le visage sombre, finit par accepter l'idée de ce voyage. Il regarda Théa et déclara en souriant :

— Au fond, cela te changera les idées...

Théa sentit les yeux gris se poser sur elle mais elle ne sut ce que pouvait signifier le regard impénétrable.

— Donc, c'est d'accord... Puisque le *Molly* part à huit heures précises, je viendrai vous chercher une demi-heure avant. Si vous avez besoin de la voiture, Gavin, vous irez la chercher au port. Moi, je rentrerai directement ici.

— Ne faut-il pas un terrain spécial pour atterrir ? s'enquit Janine inquiète.

— Oui, si l'endroit est difficile d'accès. Mais on ne peut pas manquer Whirlow, sa pelouse est tellement étendue ! Je ne prendrai pas de café, fit-il en se levant.

Il repoussa sa chaise et lança encore à l'adresse de Gavin :

— Je compte sur vous pour le travail en cours...

— Bien sûr ! riposta le jeune homme, vexé. Ai-je l'habitude d'oublier quoi que ce soit ? Ce sera tout ?

— Oui, reposez-vous ! répondit Dave avant de sortir non sans avoir salué Janine et Théa d'un signe de tête.

— Voilà un homme décidé ! remarqua Janine d'un ton neutre, ni admiratif, ni critique. Je suis bien contente que tu sois rentré, soupira-t-elle en se tournant vers Gavin. David ne joue pas aux échecs de la même façon que toi !

— Tu veux dire qu'il gagne ? sourit tristement Gavin. As-tu vraiment l'intention d'aller chez les Lester ?

— Oui, je ne suis pas beaucoup sortie depuis la mort de Douglas et ici, avec les travaux, je ne peux décemment pas inviter des amis.

— Ce ne sera pas long, intervint Théa avec philosophie. Et puis, cela en vaut vraiment la peine !

— Pour qui ? jeta sèchement Janine. Vous rendez-vous compte que la position de Gavin dépend uniquement des projets de Dave ? S'il reste ici, je ne pourrai jamais supporter de voir mon fils sous les ordres de quelqu'un d'autre !

— Dave ne restera pas ! déclara Théa avec une assurance qui la surprit elle-même.

— Vous l'a-t-il confié ?

— Pas vraiment, mais je le sais, c'est tout !

— Espérons que vous avez raison ! murmura Janine en reposant sa tasse. Je vais appeler les Lester tout de suite, sinon je risque de changer d'idée !

Gavin jouait nerveusement avec sa petite cuillère. Une fois que sa mère eut refermé la porte, il attaqua :

— Pourquoi es-tu si sûre des projets de Dave si tu n'en as pas discuté avec lui ?

— Un instinct, sans doute, expliqua-t-elle doucement pour garder tout son calme. Il n'a pas une mentalité d'insulaire, il est trop habitué aux grands espaces ! Quelques mois à Sculla, et il n'aura qu'une envie : en partir !

D'un air attentif, il scruta intensément Théa.

— Il semble que tu aies eu l'occasion de mieux le connaître tous ces temps-ci...

— Je ne le connais pas du tout ! Je me demande qui pourrait vraiment savoir ce qu'il est, en réalité ! Pourquoi ne pas lui demander toi-même ? rétorqua-t-elle, mécontente.

— Je l'ai fait. Il m'a répondu qu'il m'avertirait en temps voulu. C'est curieux cette façon que tu as de paraître mieux savoir les choses que lui...

— Je peux me tromper ! Désires-tu que je vienne au bureau tout de suite ? ajouta-t-elle gentiment. Tu as dû te lever bien tôt ce matin !

— Oui, très tôt. Pardonne-moi de t'avoir importunée avec toutes ces questions, mais tu m'as beaucoup manqué... murmura-t-il avec une tendresse un peu mélancolique.

— Toi aussi, tu m'as manqué, assura-t-elle avec sincérité comme si elle avait voulu se convaincre elle-même. Je n'ai même pas eu le temps de te dire bonjour !...

— Nous pouvons y remédier tout de suite, sourit-il en se levant pour s'approcher d'elle.

Il se pencha et très doucement, déposa un baiser sur ses lèvres offertes.

— Es-tu certain que mon voyage de demain ne t'ennuie pas ?

— Je suis bien parti huit jours... Je saurai encore t'attendre une journée, ne t'inquiète pas !

Ce n'était pas ce qu'elle avait voulu dire mais Théa n'insista pas. Le moment n'était pas venu de dévoiler la vérité. Il lui fallait d'abord y réfléchir seule, toute seule.

6

La mer était d'huile et la traversée sur le *Molly* fut une des plus agréables que Théa eût jamais eues. A tel point qu'ils arrivèrent un quart d'heure avant l'horaire prévu.

— Je n'ai pas de rendez-vous avant deux heures, déclara Dave sur le quai, aussi vais-je aller à l'héliport pour voir si tout va bien. Et vous, avez-vous des courses à faire avant le déjeuner ? s'enquit-il, debout devant elle, les mains dans les poches de son pantalon.

— C'est jour de marché et j'ai promis à ma mère de lui trouver du tissu pour des rideaux, répondit Théa en détournant la tête.

— Bien, alors, nous déjeunerons ensemble ! Avez-vous un endroit à suggérer ?

— Il y a un petit restaurant dans la rue de la Chapelle qui s'appelle *La Toque du Chef*. On y mange très bien.

— Entendu ! Retrouvons-nous là-bas à midi et demi. Ensuite, nous irons chercher Paul à l'hôpital. En attendant, ne vous perdez pas... fit-il gentiment.

Lorsqu'il s'éloigna, Théa constata que bien des femmes le suivaient du regard. Pendant la traversée, il n'avait rien dit ni fait qui eût pu montrer qu'il avait autre chose de prévu pendant ce voyage. Théa avait eu des soupçons injustifiés : son père avait lui-même insisté pour que sa fille se rende à Penzance. Il y serait bien allé, avait-il dit, mais l'une de ses jeunes patientes devait accoucher de son premier enfant et Théa savait à quel point une naissance pouvait parfois se compliquer d'imprévus.

La ville était bondée et sur la place du marché grouillait une foule compacte. Théa trouva un marchand de tissus à qui elle acheta plusieurs mètres d'un charmant imprimé vert et blanc qui égayerait la cuisine de sa mère. Un peu plus loin, elle vit des jolis bols, verts eux aussi, qu'elle prit pour offrir à Margaret Ralston. Il était vraiment dommage qu'on ne pût faire aucun achat de ce genre à Sculla, songea-t-elle à regret.

Ses courses terminées, elle se rendit au petit restaurant où Dave l'attendait déjà.

— Nous n'allons sans doute pas pouvoir rentrer comme prévu, lui annonça-t-il. Le brouillard s'est levé sur la mer et tous les vols sont annulés.

Théa se rembrunit ; elle voyait tout de suite les complications que cet empêchement allait entraîner.

— Et Paul, ne devions-nous pas le prendre après le déjeuner ?

— J'ai déjà appelé l'hôpital. Ils le garderont jusqu'à ce que nous puissions partir. Ne vous inquiétez pas, le brouillard peut se lever d'un instant à l'autre, sourit-il d'un air taquin.

Théa n'en était pas sûre du tout. La dernière fois que cela s'était produit, le *Molly* n'avait pas pu appareiller pendant deux jours. A moins d'une forte brise, ils pouvaient être immobilisés ainsi toute la nuit.

— Si la situation est toujours la même après le déjeuner, nous irons jusqu'au *Molly* pour demander au Capitaine George ce qu'il en pense, suggéra Théa.

— Si vous le voulez, répondit-il tandis que ses yeux gris s'emplissaient d'une curieuse lueur. Tout le monde appelle-t-il le capitaine par son titre ?

— Oui, sourit Théa. Il était lié dans le temps avec un vieil ami buveur comme lui et doté du même prénom. L'autre a donc été surnommé « George le fermier ». Sur l'île, on donne rarement des surnoms sauf dans ces cas-là.

De toute façon, les gens retiennent difficilement les noms de famille. On appelle la femme du pasteur « Mme Pasteur » ou Maureen mais jamais Mme Conniston.

— Quelle drôle de petite communauté ! Il n'y a même pas un seul agent de police...

— Nous n'avons jamais de crimes, répondit-elle. Il arrive à des adolescents de faire des sottises mais aucun d'entre eux ne persévère. Si on en trouve un en train de voler des pommes dans un jardin, on lui tire l'oreille en lui promettant d'avertir ses parents s'il recommence ! Jamais il ne récidive ! Mon père prétend que la peur est le commencement de la sagesse.

— Il a sûrement raison, acquiesça Dave en réfléchissant. Mais vous imaginez-vous combien de personnes aimeraient profiter de votre vie tranquille ? Pas de délinquance, pas de foule, pas d'encombrements sur les routes... Ce serait un pays de rêve pour des vacanciers !

Théa l'observa, sourcils froncés :

— A quoi pensez-vous donc ?

— A Whirlow qui deviendrait un merveilleux hôtel... Pour une douzaine de clients, pas plus. Et les gens se battraient pour y avoir une chambre !

— Nous n'avons jamais eu de touristes sur Sculla, à part un ou deux campeurs. Etes-vous vraiment sérieux ? lui demanda-t-elle avec inquiétude.

— Pourquoi pas ?

— Et Mme Barrington ? Vous lui avez promis de lui laisser Whirlow aussi longtemps qu'elle le désirait.

— Elle y resterait ! Une des ailes de la maison demeurerait privée. D'autre part, elle aurait de la compagnie, tout au moins pendant l'été. Les gens attirés par Sculla seraient des amoureux de la nature et du calme. De plus, cela permettrait de créer des nouveaux emplois.

En dépit d'une certaine réticence, Théa commençait à saisir le bien-fondé de cette idée. Whirlow était vide depuis si longtemps... Quel plaisir ce serait de la voir revivre enfin !

— Il faudrait trouver du personnel...

— Et une bonne organisation, ajouta-t-il. Les six pièces de l'aile ouest ont toutes besoin d'être restaurées. Nous pourrions prévoir tout cela pour l'été prochain...

Pendant tout le déjeuner, ils discutèrent de ce projet. La nourriture serait entièrement fournie par l'île. On servirait des repas où nul artifice ne viendrait gâcher le goût de la bonne viande du pays. Pour se promener, les touristes auraient le choix entre la bicyclette ou le cheval, selon leurs préférences.

Théa suggéra même qu'on rouvre à cette occasion la salle de billard et qu'on installe aussi une petite salle de jeux. Elle ajouta :

— Pensez-vous que la télévision leur manquerait ?

— Au contraire, ce serait justement là un des attraits principaux, s'écria Dave. De toute façon, il n'y a même plus de dialogue possible quand on la regarde...

— Hélas... J'ai des amis à Exeter qui passent leurs soirées devant, tout en critiquant abondamment les programmes. Dans le village, il y a bien deux ou trois personnes qui aimeraient en avoir une, mais la radio est suffisante ! Pour en revenir à votre projet, Dave, je pense que cela pourrait très bien marcher. Il faudra sans doute un peu de temps aux insulaires pour s'y habituer mais à mon avis, ils s'y feront, mieux que prévu !

— Comme vous ? sourit-il.

— Oh ! Pas aussi vite que moi ! Je suis beaucoup plus souple que la plupart des gens, rectifia-t-elle en riant.

— Bravo ! approuva-t-il d'un air amusé. Plus on l'est et plus on a de chances d'être heureux !... Encore un peu de café ?

Elle refusa et déclara d'un ton soudain plus froid :

— J'aimerais voir ce qu'il en est pour le temps... Avec un peu de chance !...

Mais la chance n'était pas au rendez-vous. Le brouillard avait même envahi le port, voilant le paysage d'une grisaille uniforme. Le *Molly* était toujours à quai et ils trouvèrent George Yelland dans la timonerie, occupé à lire le journal.

— Personne ne va pouvoir quitter la ville aujourd'hui, déclara-t-il en réponse à Théa. Tant que le vent ne souffle pas, cela va rester inchangé !

— Et si le brouillard se lève ce soir ? interrogea Théa tout en sachant quelle serait la réponse.

— Il faudrait être fou pour vouloir regagner Sculla avec ce temps ! répliqua-t-il sur-le-champ. Depuis quand posez-vous des questions aussi stupides, Théa ?

— Je pensais à mes parents, rétorqua-t-elle vivement. Il faut que je les appelle pour les mettre au courant.

— La radio en a sûrement parlé aux nouvelles d'une heure... Ne vous inquiétez pas !

— Bien, murmura-t-elle en évitant le regard de Dave.

— Téléphonez-leur de l'hôtel ! suggéra ce dernier. Il va bien falloir que nous en cherchions un pour la nuit...

— Cela ne sera pas facile à ce moment de l'année, lui fit remarquer le Capitaine George. La ville est pleine de touristes, bougonna-t-il avec mépris. Vous devriez aller voir une vieille amie à moi, une veuve du nom de Harley. Elle loue de temps en temps des chambres. Tenez, voici son adresse !

Dave prit le morceau de papier et remercia George.

— Il faudrait nous mettre en route, Théa !

— Ce n'est pas pressé, argua-t-elle sans bouger. Nous trouverons sûrement de la place...

— Si vous avez envie de dormir à l'hôpital, avec Paul, cela vous regarde ! coupa-t-il avec impatience.

— De toute façon, la brume ne s'en ira pas avant la nouvelle marée, et encore s'il y a du vent ! répéta George avec fermeté. Nous allons devoir tous rester ici.

Théa finit par se plier à l'évidence et, réticente, elle accepta enfin de suivre Dave.

— Souriez ! ordonna-t-il en se moquant d'elle. Tout ira bien... Si vous êtes sage, je vous emmènerai dîner !

— Je ne suis pas habillée pour cela, marmonna-t-elle.

Il jeta un coup d'œil sur son jean et sa chemise de soie.

— Vous êtes parfaite. Moi non plus je ne suis pas très élégant !

— Je n'ai même pas de brosse à dents ! se plaignit-elle.

— Nous allons en acheter une, riposta-t-il cette fois-ci avec agacement. Nous ne pouvons pas rentrer à Sculla, donc il faut en prendre son parti et s'organiser le mieux possible ! Au moins une fois dans votre vie, oubliez cette maudite île !

Théa ne pensait pas à Sculla, mais à la présence de Dave qui était pour elle un danger permanent. L'idée de passer toute une soirée avec lui l'emplissait d'un trouble intense. Elle allait devoir lutter de toutes ses forces pour garder ses distances, pour l'amour de Gavin, pour le respect d'elle-même.

Il ne fut pas facile de trouver un hôtel, ainsi que l'avait prévu George et Dave décida enfin d'aller voir Mme Harley plutôt que de continuer leur quête infructueuse.

Ils arrivèrent dans une petite rue étroite ; la maison à trois étages se tenait en retrait derrière un minuscule jardin. Vieille d'au moins cent ans, la demeure avait bien besoin d'être repeinte. L'ensemble n'était pas très avenant, mais ils n'avaient pas le choix, déclara Dave en se dirigeant vers la porte d'entrée.

Mme Harley vint elle-même ouvrir. C'était une femme d'environ soixante ans, à la corpulence impressionnante, la mine joyeuse et réjouie.

— Si c'est George Yelland qui vous envoie, j'ai des chambres pour vous ! Mon mari et lui étaient de si bons amis... Chambre double ? ajouta-t-elle.

— Deux chambres, s'il vous plaît ! coupa Théa avant que Dave n'ait pu dire un mot. Nous ne sommes pas mariés !

— De nos jours, cela ne fait guère de différence, rétorqua l'imposante femme sans sourciller. Juste pour une nuit, vous m'avez dit ?

— Je l'espère... Si le brouillard se lève, nous partirons demain matin, assura Dave.

— Etes-vous venus en voiture ? demanda Mme Harley en les conduisant dans l'escalier de chêne.

— Nous sommes de Sculla. Nous avons pris le *Molly* ce matin avec le capitaine George.

— De Sculla ? J'aurais dû m'en douter quand vous m'avez dit votre nom. George m'avait prévenue qu'il y avait un nouveau propriétaire.

— Pas vraiment propriétaire, rectifia Dave. Plutôt administrateur, il y a une grande différence.

— Pas pour moi, fit-elle sur le palier en s'arrêtant pour reprendre son souffle. Le docteur m'a bien conseillé de perdre du poids mais je ne sais vraiment pas comment faire ! Bien manger est si agréable ! soupira-t-elle avant de se remettre en marche lourdement. Voilà les chambres, avec une salle de bains entre les deux...

Les pièces étaient aussi propres que l'entrée et la cage d'escalier. Dans l'une d'entre elles trônait un lit double recouvert d'un grand tissu de dentelle.

— Je prendrai celle-ci, décida Théa à la porte de la plus petite. Comme c'est drôle de ne pas avoir de bagages à défaire ! s'exclama-t-elle en riant.

— Je vous aurais bien proposé une chemise de nuit, gloussa Mme Harley. Mais elle serait légèrement grande pour vous ! Ma fille prétend qu'il n'y a rien de plus sain que de dormir nu... Elle a peut-être raison. Elle n'a jamais eu un rhume de sa vie !

Théa détourna le visage pour éviter à tout prix le regard de Dave. Mme Harley était un drôle de personnage ! C'était le moins qu'on pût en dire. Le capitaine George avait sûrement voulu leur faire une farce en leur donnant l'adresse de cette femme.

— Bien, je vous laisse, dit-elle. Le soir, la porte est toujours ouverte. Au fait, ajouta-t-elle avant de s'éloigner, je ne sers pas de repas sauf le petit déjeuner.

— C'est parfait, répondit Dave. Nous dînerons dehors. Pourrons-nous avoir le petit déjeuner demain matin à sept heures et demie ?

— Bien sûr ! Je me lève toujours à six heures !

Après son départ, un silence pesant s'établit. Théa s'approcha de la longue fenêtre étroite et tenta d'apercevoir la mer par-dessus les toits. Tout était d'un gris opaque, avec çà et là les traînées blanches de la brume qui se déroulaient sur la ville.

— Il n'est que quatre heures, qu'allons-nous pouvoir faire jusqu'au repas ? demanda-t-elle, immobile.

Elle se mordit la lèvre. Quelle idiote ! Dave n'allait pas manquer de relever la phrase avec son ironie habituelle.

— Il me semble que nous avons quelques courses prévues, lui rappela-t-il. Et vous devez aussi appeler votre mère. Il y a un téléphone dans l'entrée. Demandez donc à Mme Harley la permission de l'utiliser. Je vous attends ici !

Elle passa devant lui et lui rendit son regard sans sourciller.

— Je n'ai besoin que d'une brosse à dents et de dentifrice. Vous pourriez peut-être en acheter pour nous deux ? Vous n'aurez qu'à le décompter de mon salaire...

— Mais non ! Vous me paierez en nature... murmura-t-il les yeux soudain brillants. Quelle marque désirez-vous ?

Théa secoua la tête, incapable d'émettre le moindre son. Ce n'était pas du tout dans les habitudes de Dave de jouer avec les mots...

— N'importe quelle marque, bredouilla-t-elle.

— Bien ! Alors, à tout à l'heure !

Il sortit et descendit l'escalier quatre à quatre. Elle attendit que la porte d'entrée eût claqué avant de s'aventurer dehors.

Mme Harley était dans sa cuisine occupée à nourrir trois chats d'une race et d'une couleur indéterminées. Quand Théa lui demanda si elle pouvait se servir de l'appareil, elle répondit :

— Allez-y, mais vous devez passer par l'opératrice.

— Oui, merci. Je le sais. Je me demande bien si un jour ils se décideront à nous installer l'automatique. Mais la pauvre standardiste en serait désolée : elle ne pourrait plus profiter des conversations de tout le monde !

Elle obtint enfin la communication et eut sa mère au bout du fil. Théa lui expliqua ce qui se passait.

D'une voix déformée, Margaret Ralston lui demanda où elle se trouvait.

— Chez des amis du capitaine George, et Paul est encore à l'hôpital.

— Merci de m'avoir prévenue, je suis rassurée. Mais... tu devrais joindre Gavin, dit-elle, hésitante.

— Peux-tu t'en charger pour moi? La ligne est si mauvaise... Je t'entends à peine! Dis-lui que je serai là demain matin en hélicoptère.

— Entendu!

Mme Ralston se tut puis Théa distingua « Attention! »

— Ne t'inquiète pas, rassura Théa. A demain!

— Tout va bien? lança Mme Harley de la cuisine. Mais sa question était purement symbolique car elle ajouta:

— Je ne savais pas qu'il y avait des vols pour Sculla.

— Il n'y en a pas, confirma Théa. Il s'agit d'un engin privé appartenant au Domaine.

Mme Harley eut l'air impressionné.

— Je vois... dit-elle. Les choses vont être plus faciles, mais alors, et George? Et le *Molly*?

— Il continuera à servir, sourit Théa. L'hélicoptère ne sera utilisé qu'en cas d'urgence et quand les conditions atmosphériques empêcheront le bateau de prendre la mer. On ne peut pas transporter par avion toutes les marchandises que l'on met sur un navire. Dave, je veux dire, M. Barrington en est tout à fait conscient!

— Va-t-il rester à Sculla? s'enquit Mme Harley d'une voix étonnée. Je n'aurais jamais cru qu'un homme comme lui puisse s'intéresser à une toute petite île.

« Même les étrangers se rendent compte de cela », songea Théa avec un certain plaisir. Mais Dave ne partirait pas tout de suite, il voudrait d'abord mettre en route les améliorations et les travaux prévus.

Quand il revint, Théa était dans sa chambre. Le léger

coup frappé à sa porte la fit bondir et elle se précipita pour lui ouvrir.

Il lui tendit un petit sac de papier contenant une brosse à dents et le dentifrice, mais il lui donna aussi une grande pochette de plastique au nom d'un magasin de la ville.

— Avec ceci, vous vous sentirez en sécurité cette nuit ! J'ai pris une taille au jugé, déclara-t-il en éclatant de rire devant l'expression stupéfaite de Théa. A tout à l'heure !

Elle ouvrit le sachet et se figea en découvrant un pyjama de coton bleu d'un style tout à fait démodé. Comment Dave avait-il pu croire qu'elle portait ce genre de vêtement de nuit ? Il avait sûrement voulu se moquer d'elle et il avait réussi à la mettre, en tous les cas, en colère.

— Je le déteste, marmonna-t-elle à voix haute. Je le hais !

Elle prit une douche, et appliqua ensuite une touche de rouge à lèvres, le seul maquillage qu'elle ait emporté. Quand elle entendit la baignoire de Dave se vider, elle s'aperçut qu'il allait venir la chercher d'un instant à l'autre. Elle eut une soudaine envie de se prétendre souffrante, de prétexter une migraine qui la retiendrait au lit. Mais elle savait d'ores et déjà qu'il ne serait pas dupe. Théa hocha la tête. Décidément, elle compliquait beaucoup trop les choses ! Quoi que Dave ait pu préméditer, c'était elle seule qui pouvait refuser. Elle n'avait qu'à être ferme.

Quelques minutes plus tard, il frappait à sa porte. Elle ouvrit et il la salua, les cheveux encore humides, les joues fraîchement rasées. Ils descendirent l'escalier sans même apercevoir l'ombre de Mme Harley et dans la rue, Théa découvrit une Ford blanche qui les attendait.

— C'est tout ce que j'ai pu trouver, déclara Dave en lui ouvrant la portière. Au moins, pourrons-nous aller où bon nous semble. J'ai aussi retenu une table dans le restaurant de la rue Hayle.

— Merci pour le pyjama !

— Rien de tel pour décourager des avances importunes, n'est-ce pas ? Ainsi accoutrée, vous n'aurez même pas besoin de fermer votre porte à clef, déclara-t-il d'un ton goguenard.

Elle se tourna vers lui, faillit riposter, mais se ravisa brusquement. Il n'était pas sot, il savait pertinemment quelle avait été sa réaction et c'était une façon comme une autre de lui faire comprendre qu'elle n'aurait rien à craindre de lui. C'était d'elle-même dont elle devait se méfier.

Ils entrèrent dans un petit restaurant sans prétention avec un charme désuet et attirant. Autour de la cheminée rutilaient des cuivres et sur les murs, des gravures de la vieille Cornouailles relataient les aventures des mines d'étain qui avaient longtemps été la richesse du pays.

— Ici au moins, on choisit ce que l'on veut ! remarqua Dave en revenant du bar, deux verres à la main. De quoi avez-vous envie ? poursuivit-il en lui présentant le menu.

— Je n'ai pas très faim. Nous avons très bien déjeuné !

— J'espère que vous ne vous souciez pas de votre ligne... Que pensez-vous d'un mix-grill ? demanda-t-il en souriant.

— Cela m'est égal, je ne pourrai pas manger beaucoup. A moins que le petit déjeuner de Mme Harley soit moins consistant que celui de Mme Murray...

— Ah ! Vous avez déjà passé la nuit à Whirlow ? fit-il en lui jetant un bref regard.

— Juste une fois. Mes parents étaient partis à St-Mary et ils ont été retenus par un orage. Gavin n'a pas voulu que je reste seule chez moi.

— A Sculla ?... Quel danger y avait-il donc ?

— Aucun et pourtant, il le préférait ainsi. D'ailleurs sa mère était là, elle aussi.

— Je ne pense pas que cela ait pu faire une différence ! Gavin n'est pas homme à dépasser les limites que vous lui avez fixées, répliqua-t-il en riant doucement.

— Qui vous fait croire qu'il y a des limites entre nous ? protesta Théa en levant le menton avec défi.

— De l'intuition et de la psychologie. Pour céder à un

homme, il faudra déjà que vous soyez mariés. N'est-ce pas vrai ?

— C'est ainsi que j'ai été élevée ! riposta vertement Théa.

— Oui, mais si on se trompe de mari... Tant de mariages se sont brisés à cause d'une mésentente sur le plan physique.

Si jamais Dave Barrington décidait de prendre une épouse, il faudrait qu'elle soit vraiment parfaite... songea Théa à part elle. Elle l'imaginait déjà : une grande jeune femme blonde, aussi décidée que lui, froide en apparence mais passionnée à l'intérieur...

— Nous n'avons que trop parlé de tout cela, trancha-t-elle mal à l'aise. Si nous changions de sujet ?

— Je n'en ai pas envie. Je veux vous forcer à le reconnaître, murmura-t-il en pinçant les lèvres.

— A reconnaître quoi ?

— Qu'une entente physique entre mari et femme est importante.

— Je n'ai jamais dit qu'elle ne l'était pas. Je pense simplement qu'il n'y a pas que cela !

— Parce que vous n'avez jamais eu l'occasion de savoir exactement ce que c'était.

— Allez-vous vous taire ! s'exclama-t-elle, furieuse. La serveuse arrive...

Dave sourit et se tourna vers la jeune fille qui attendait la commande. Théa en profita pour s'esquiver vers le fond de la pièce. En sûreté dans le vestiaire, elle se pencha vers le miroir pour y observer l'image qui s'y reflétait. Elle était plaisante, mais pas exceptionnelle... pensa-t-elle. « En tout cas, je ne suis pas assez jolie pour qu'on tombe instantanément... amoureux de moi ! » Elle soupira. Si seulement Dave pouvait la laisser tranquille et ne pas s'obstiner à vouloir la transformer en ce qu'elle n'était pas ! Il n'arrivait qu'à la rendre inquiète, incapable désormais de savoir ce qu'elle désirait. Quand elle comparait Dave et Gavin, ce dernier lui apparaissait fade et pourtant, elle était consciente de la fausseté de ce jugement.

Dave salua son retour d'une question :

— Tout va bien ? Vous êtes partie si vite, ajouta-t-il d'un air alarmé.

— Je vais très bien, merci ! Mais pourquoi ne pas plutôt me parler de votre pays ? Où se trouve Natal par rapport à votre ferme ?

— Environ à quatre-vingts kilomètres de Durban et la ville la plus proche est Colesburg, avec une population de huit mille habitants.

— Que cultivez-vous ?

— Surtout des fruits, des ananas et des bananes. Mais le sucre est la culture la plus importante de la région. Mes terres sont contiguës à l'une des seules plantations privées, Breckonsbridge. Bard, le propriétaire, a épousé une Anglaise. Elle vous ressemblait un peu, dit-il en hésitant, au début, pour elle, seule l'Angleterre comptait !

— Et maintenant ? demanda Théa, curieuse malgré tout.

Il se mit à rire.

— Breckonsbridge est *sa* maison ! Elle a deux enfants, et son mari et elle reçoivent beaucoup. Elle est donc très occupée. Ses *braiis* sont renommés.

— C'est une sorte de barbecue, n'est-ce pas ?

— L'authentique ! Chaque fois que nous le pouvons, nous mangeons dehors. L'hiver là-bas n'est jamais vraiment froid.

— Cela semble merveilleux, convint-elle. L'Angleterre doit vous paraître bien différente !

— L'Angleterre oui, mais pas Sculla. Sauf pour le temps. Il faudrait que vous veniez un jour pour vous en rendre compte vous-même, lança-t-il le regard fixé sur son verre.

Il avait dit « venir » et pas « aller » ce qui signifiait bien qu'il avait l'intention de rentrer en Afrique du Sud. Mais il ne suffisait pas de le supposer pour que cela arrive… Théa se sentit soudain abattue à l'idée de son départ.

Si Dave le remarqua, il n'en fit aucun commentaire. La nourriture était excellente, le vin fruité et doux au palais. Pour une fois, Théa ne l'empêcha pas de remplir son verre. Elle avait besoin du réconfort qu'il lui apporterait.

— Je suis allé voir le bateau de Douglas, enchaîna Dave. Il y a beaucoup de réparations à faire avant qu'il ne puisse reprendre la mer. J'ai même aperçu un trou dans la coque !

— Cela a dû se produire le jour de la mort de votre oncle. Il était sorti avec Gavin lorsqu'il a eu son attaque. Gavin ne s'y connaît pas bien en voile, et il a eu du mal à le ramener à bon port.

Les yeux gris avaient changé d'expression et elle se sentit rougir.

— On dirait que vous n'avez pas les mêmes goûts !

— Il aime la musique, la lecture, son travail… comme moi ! ajouta-t-elle, agressive.

— C'est peut-être aussi bien, fut la seule réponse.

Pendant le trajet du retour, Dave, plongé dans ses pensées, ne parla pas. Théa était songeuse elle aussi et préférait se taire.

Au moment où ils gravissaient la côte qui les menait à la haute ville, Théa se redressa brusquement en voyant la mer scintiller sous le clair de lune.

— Le brouillard est parti ! Il s'est enfin levé…

— Trop tard ! Au moins, nous sommes certains de pouvoir partir très tôt demain matin. Si Mme Harley n'est pas encore couchée, je vais lui demander de préparer le petit déjeuner pour sept heures. Nous prendrons Paul en allant à l'héliport et ainsi, nous décollerons à huit heures. Cela vous va ?

— Très bien ! Plus vite nous serons à la maison, mieux ce sera…

— En sûreté, à l'abri des tentations, acheva-t-il d'un ton léger mais d'une voix grave. Vous ne garderez sans doute pas un souvenir particulier de cette soirée, et pourtant, elle n'est pas finie ! Allez-vous vous mettre à hurler si je viens tout à l'heure dans votre chambre ?

— Non, je ferai appel à votre bon fond, rétorqua-t-elle du tac au tac.

— Et si je n'en ai pas ?

— Alors je crierai !

— Tant pis ! Je viendrai avec mon bâillon... riposta-t-il sans sourire.

— Dave, taisez-vous, vous n'êtes pas drôle, supplia-t-elle en frissonnant.

— Je n'ai jamais eu l'intention de l'être. Il est plus que temps d'apprendre !

Les yeux gris l'évitaient mais elle eut le temps d'y lire une curieuse détermination qui la troubla.

— Pour que je puisse comparer ? ironisa-t-elle en refusant de le prendre au sérieux. Le Don Juan contre l'amateur... Je sais déjà lequel je préférerai !

— Vous pouvez me dire tout ce que vous voulez, le prouver, c'est une autre affaire !

Théa ne voulut pas répondre, elle ne gagnerait rien dans ce genre de combat inégal. Elle se persuadait qu'il ne voulait que l'agacer. Il ne tenterait rien !

La porte de la maison était, comme promis, ouverte. Dave la referma, mit le verrou et alluma la lumière. Théa commença à monter l'escalier, d'un pas hésitant. Si la tête lui tournait d'avoir bu trop de vin, la présence de Dave derrière elle la troublait infiniment plus. Quand dans le couloir, il se dirigea vers sa porte à elle, elle s'interposa et tenta de l'empêcher d'entrer.

— Bonsoir, lança-t-elle d'un ton bref.

Au lieu de répondre, il l'enlaça, sa bouche cherchant avidement la sienne. Elle ne put lui opposer aucune résistance et sentit monter en elle un désir violent. Elle gémit faiblement quand il la souleva dans ses bras et oublia le reste, les autres et même Mme Harley.

Quand il la déposa sur le lit, elle reprit un instant conscience mais chavira de nouveau quand ses lèvres la caressèrent. Jamais Gavin n'avait provoqué une telle réponse en elle. Théa se moquait maintenant des femmes que Dave avait pu connaître, elle le voulait à elle, à elle seule. Elle sentit ses mains effleurer sa peau et leur contact la fit frissonner.

— Aimez-vous cela, Théa ?

Elle soupira, les yeux clos, son corps tendu vers l'étreinte qu'elle voulait plus proche, plus forte. Dave avait posé sa tête sur sa gorge et déposait de légers baisers sur son cou, au creux de son épaule. Elle aimait les cheveux noirs qui la frôlaient et elle plongea ses mains dans leur épaisseur. Des paroles lui venaient aux lèvres, des paroles qu'elle prononçait sans même s'en rendre compte.

— Voulez-vous que j'arrête ? demanda-t-il très doucement.

Théa ne pouvait plus penser ni raisonner.

— Oh non ! répondit-elle dans un souffle.

Il se redressa et s'assit au bord du lit, un petit sourire aux lèvres.

— C'est pourtant ce que je vais faire ! Mais le vin vous a vraiment beaucoup aidée...

D'un seul coup, Théa reprit tous ses esprits. Elle fixait Dave d'un œil hagard. Il n'avait donc fait que se jouer d'elle ! Tout n'avait été qu'un jeu...

— On dirait que vous venez de voir un monstre... J'essaie justement de ne pas en devenir un ! souffla-t-il, amusé.

Elle voulut parler mais les mots parvinrent à peine à franchir sa gorge douloureuse et nouée.

— Je ne suis pas ivre, s'écria-t-elle, livide.

— Vous l'êtes toutefois assez pour que vos réactions en soient affectées. Si je vous avais séduite maintenant, cela aurait été parce que vous ne saviez plus refuser. S'il y a une prochaine fois, je vous voudrai en pleine possession de vos moyens, capable de prendre vos décisions sans que j'aie besoin de vous les dicter.

Théa se releva et dans un geste de pudeur soudaine,

Les mille et une
histoires d'amour de la
Collection Harlequin

Profitez de cette offre unique pour découvrir le monde merveilleux de l'amour.

Plongez au coeur des plus intrigantes et passionnantes histoires d'amour. Découvrez dans chacun des romans une héroïne semblable à vous. Par la magie de ces récits, vous entrerez dans la peau du personnage et serez transportée dans des pays inconnus. Vous rencontrerez des étrangers séduisants et fascinants. Profitez de l'offre des 4 nouveaux volumes gratuits pour découvrir ce monde excitant. Vous recevrez ensuite 6 volumes par mois. Ainsi, comme des milliers de femmes, vous vous délecterez et attendrez, chaque mois, avec impatience vos 6 nouveaux volumes de la superbe Collection Harlequin.

La Collection Harlequin
Les plus belles histoires d'amour, au monde.

Collection Harlequin
L'AUTRE MOITIE DE L'ORANGE
Anne Weale

Collection Harlequin
SOUS LE VOILE DU DESIR
Charlotte Lamb

Collection Harlequin
D'OMBRE ET DE LUMIERE
Violet Winspear

Collection Harlequin
IL EST TEMPS DE RENAITRE
Flora Kidd

Commencez votre Collection Harlequin avec ces 4 nouveaux volumes gratuits.

(valeur de 7$)

GRATUITS: D'OMBRE ET DE LUMIÈRE de Violet Winspear. Ombre du désaccord, lumière de l'amour, c'est la pénible alternance pour Dominique et Paul, en leur lutte contre la mort qui menace tout espoir. L'AUTRE MOITIÉ DE L'ORANGE d'Anne Weale. Comment oublier un premier et grand amour tragiquement terminé? Comment échapper à la domination d'une tante abusive? Antonia épouse Carl...SOUS LE VOILE DU DÉSIR de Charlotte Lamb. Qui est Rachel Austen? se demande Mark Hammond. Une aventurière, une fille facile malmenée par la vie? Pourquoi s'enfuit-elle aux Bahamas? IL EST TEMPS DE RENAÎTRE de Flora Kidd. Parce que celui qu'elle avait tant aimé a besoin d'elle, Kathryn accepte d'aller le retrouver. Mais si elle s'était imaginée capable de le revoir sans trouble, c'est qu'elle se connaît encore mal...

Certificat de cadeau gratuit

SERVICE DES LIVRES HARLEQUIN, STRATFORD (Ontario)

OUI, veuillez m'envoyer gratuitement mes 4 nouveaux romans de la Collection Harlequin. Veuillez aussi prendre note de mon abonnement aux 6 romans de la Collection Harlequin que vous publiez chaque mois. Je recevrai ces romans d'amour au bas prix de 1,75$ chacun, sans frais de port ou de manutention, soit un total de 10,50$ par mois. Je pourrai annuler mon abonnement à tout moment, quel que soit le nombre de livres achetés. Quoi qu'il arrive, je pourrai garder les 4 nouveaux volumes GRATUITEMENT sans aucune obligation. Cette offre n'est pas valable pour les personnes déjà abonnées.

366-CIF-3ADC

Nom	(en MAJUSCULES, s.v.p.)

Adresse	App.

Ville

Province	Code postal

croisa les bras sur sa poitrine que voilait à peine son chemisier ouvert.

— Allez-vous-en ! Allez-vous-en donc et laissez-moi ! s'écria-t-elle.

— Pas tant que vous raisonnerez de cette sorte.

Dave s'approcha de la fenêtre, et les deux mains dans les poches, contempla un instant la nuit sur la ville.

— Je vous désire, Théa, mais pas de cette manière.

— Je ne vous céderai jamais ! Vous voudriez sans doute que je vous remercie de votre délicatesse... Mais cela ne se reproduira jamais !

Théa avait envie de hurler et pourtant, elle parlait à voix basse, les lèvres serrées.

— Je me moque de vos remerciements, jeta-t-il durement. Je vous dis ce que je ressens. Je ne suis pas homme à profiter sans vergogne d'une femme. La prochaine fois, je vous promets que vous n'aurez pas besoin de vin...

— Il n'y aura pas de prochaine fois, je vous le répète ! Dave, fit-elle lentement, Dave, partez, je vous en supplie.

Elle serrait ses doigts nerveusement sur son chemisier et tremblait des pieds à la tête.

Il prit tout son temps pour se diriger vers la porte. Avec cynisme, il lui jeta un coup d'œil méprisant.

— J'aurais peut-être dû continuer...

Théa eut envie de crier pour qu'il reste. Tout son corps la poussait à commettre cette folie mais elle parvint à se dominer. Il avait sans doute dit la vérité lorsqu'il avait avoué qu'il la désirait, mais il s'agissait seulement d'un désir physique. Tandis que Gavin, lui, l'aimait. Elle l'aimait aussi et c'était tellement plus important que tout cela !

7

Paul était prêt quand ils vinrent le chercher à l'hôpital.

— Depuis qu'il est réveillé, il ne tient plus en place, dit la Sœur Ward à Théa en lui remettant une petite valise. Tout notre établissement sait maintenant qu'il va prendre l'hélicoptère. Il en a tellement parlé !

— Nous avions peur qu'il s'excite trop, répondit Théa en riant. Ta mère est aussi impatiente que toi… déclara-t-elle à l'enfant en lui prenant la main.

Le regard noir s'emplit de joie.

— J'espère qu'elle a acheté de la glace ! J'en ai eu tous les jours, ici !

— Il a besoin de fortifiant, remarqua la Sœur d'un ton bienveillant. Toute l'équipe l'a gâté… Voici une feuille que vous donnerez au Dr Ralston. Le régime qu'il doit suivre y est inscrit. On doit le respecter impérativement.

— Le Dr Ralston est mon père. Je la lui transmettrai en main propre. Tu es prêt Paul ? Nous y allons !

— Bonjour, Paul ! dit Dave avec un large sourire.

— C'est vous, le pilote ? demanda Paul.

Il acquiesça, sourit encore et prit les bagages.

L'engin blanc rayé de vert les attendait. Théa installa l'enfant sur le siège du co-pilote et préféra prendre place à l'arrière bien qu'il y eût encore un autre siège à l'avant.

Elle n'était jamais montée dans un tel appareil et le

bruit lui parut insoutenable. Mais bientôt, ils volaient en direction de la Cornouailles, vers Gwennap Head.

A cette altitude, il était facile de découvrir des points de repère. Toute la côte se creusait de petites criques, les unes rocheuses, les autres de sable clair, presque blanc dans la lumière du matin. Paul était émerveillé, le nez collé à la vitre. Il posait des dizaines de questions et Dave lui répondait. Au-dessus de la mer, il vola au ras des vagues pour que l'enfant puisse les voir de très près.

Théa observait la scène d'un œil distrait, absorbée dans ses propres pensées. Ce matin-là, Dave n'avait pas eu un geste ou une parole équivoque. Voulait-il oublier ce qui s'était passé la veille ? C'était plus sage en effet. Mais elle, comment pourrait-elle feindre l'indifférence tant qu'elle se sentirait autant attirée par lui ? Elle avait éperdument envie d'être près de lui, de sentir le contact de ses mains sur sa peau, son corps souple contre le sien. Pourtant, elle allait devoir lutter contre cette réalité parce qu'il le fallait, parce qu'elle ne pouvait rien attendre d'un homme comme lui, sans attaches. Mais ce serait terriblement difficile...

Quand ils survolèrent Sculla, ils virent des têtes se lever, des mains s'agiter. Paul, qui reconnaissait des silhouettes, leur faisait signe et les appelait par leur nom.

— Pouvons-nous voler au-dessus de ma maison ?

— Montre-moi où elle est, proposa Dave en riant.

— Là-bas, là-bas ! pointa-t-il du doigt, tout excité. C'est la bâtisse au bout de l'allée, là...

Dave décrivit plusieurs cercles en rase-motte et la mère de Paul apparut sur le seuil de la demeure. Le petit garçon se mit à crier, à lui expliquer qu'ils allaient atterrir, sans penser une seconde qu'elle ne pouvait même pas l'entendre. Mais il débordait d'exubérance et de joie.

La grande pelouse de Whirlow fut bientôt en vue et là aussi surgirent des silhouettes qui toutes reculèrent lorsque se posa l'hélicoptère.

Quand le bruit cessa, Théa eut l'impression d'être sourde tant le silence semblait étonnant.

Dave sauta sur le sol et aida Théa à descendre en la prenant par la taille. L'espace d'un instant, sa bouche fut si près de la sienne qu'elle put même sentir son souffle sur sa joue. Mais elle détourna les yeux et vit Gavin qui les attendait sur la terrasse.

Dès que Paul fut sur la pelouse, il courut à toutes jambes en criant à tue-tête. Théa le rattrapa avant qu'il ne s'épuise à trop courir car son état de santé réclamait encore de la prudence. Elle tenait l'enfant par la main quand elle arriva près de Gavin qu'elle salua d'une ébauche de sourire.

— Quel voyage! s'exclama-t-il. Encore heureux que le temps se soit amélioré...

— Cela aurait pu être pire, dit-elle. La voiture est ici, Gavin? J'aimerais bien conduire Paul le plus vite possible chez lui.

— Je vais vous emmener. A moins qu'il n'y ait encore quelque chose à faire, lança-t-il à Dave qui les avait rejoints.

— Non, allez-y! Il faut que j'aille me changer. N'oubliez pas ceci, ajouta-t-il à Théa en lui donnant la valise. Au revoir, Paul! fit-il en s'éloignant.

— Nous y allons! décida Gavin. L'architecte de Lawson doit arriver ce week-end et je veux que tout soit prêt pour lui!

Théa fronça les sourcils car elle savait fort bien que tout était prêt. C'était maintenant à l'architecte de faire le reste. L'attitude de Gavin semblait montrer qu'il avait beaucoup de travail mais qu'aussi il voulait se donner de l'importance. Il ne fallait pas lui en tenir rigueur, Gavin avait ses faiblesses comme tout le monde, comme elle-même. Et ses défauts à elle étaient sans nul doute beaucoup plus difficiles à accepter.

Nora était bouleversée de joie en accueillant son fils qu'elle serra contre son cœur, des larmes dans les yeux.

— Il a l'air tout à fait guéri, déclara-t-elle lorsque

l'enfant se précipita vers le gros chien qui avait bondi de la cuisine. Pauvre bête ! Elle l'a tellement attendu… Maintenant, il va falloir que je les nourrisse tous les deux, déclara-t-elle en riant.

— A ce propos, l'informa Théa, l'hôpital a donné un régime à Paul. Mon père viendra vous voir après ses consultations. Mais je suis sûre que Paul va aller très bien !…

Gavin avait consulté sa montre à plusieurs reprises, d'un air impatient. Dans la voiture, Théa lui demanda s'il avait besoin d'elle.

— Non, pas aujourd'hui ! Je pense que tu t'es levée très tôt ce matin… Ta mère m'a appris que tu avais passé la nuit chez une amie de George Yelland, fit-il lentement comme pour peser ses mots. Y as-tu bien dormi ?

— Très bien ! lança-t-elle d'un ton qu'elle voulut indifférent.

Pourtant, Gavin lui jeta un regard perçant :

— Dave a-t-il tenté quoi que ce soit ?

Théa se figea, assaillie de remords et de regrets.

— De quelle sorte ?

— Tu vois très bien ce que j'ai voulu dire. Il est visiblement très épris de toi et je le crois capable de tout !

— Ne t'inquiète pas… murmura-t-elle.

Théa avait beau savoir qu'elle lui devait la vérité, elle était incapable de lui expliquer des sentiments qu'il ne pourrait pas comprendre. Gavin n'avait jamais été très entreprenant, mais elle ne s'en était pas alarmée outre mesure. Maintenant que Dave lui avait fait découvrir le feu qui couvait en elle, elle n'était plus la même. Une sourde impatience de le revoir la dévorait.

— Il ne s'est rien passé, fit-elle enfin d'une voix neutre, presque blanche. Rien du tout !

Allait-il la croire ou non, elle l'ignorait. En tout cas, il s'obstina dans son silence sur le chemin du retour.

— A demain, lui dit-il par la vitre ouverte sans même prendre la peine de sortir de la voiture. J'ai promis à ma mère de passer la soirée avec elle.

Il s'éloigna et Théa soupira en songeant qu'elle aurait bien aimé pouvoir, comme lui, détester Dave.

L'architecte, qui arriva le samedi, s'installa à Whirlow. Théa fut surprise de constater qu'il avait le même âge que Gavin. Mais c'était bien la seule chose que les deux hommes avaient en commun. Bob Harding avait l'ambition de parvenir au sommet de sa profession.

— Je pense sérieusement partir un jour pour l'étranger, lui confia-t-il un matin, assis sur un coin du bureau. Au moins, là-bas, les opportunités sont plus nombreuses.

— Vous en avez déjà une, répliqua Théa. Lawson n'est-il pas l'un des plus grands entrepreneurs du Sud ?

— Un travail comme celui-ci n'est rien ! Je veux viser plus haut, déclara-t-il en haussant les épaules. Il y a deux mois, on m'a mis sur le projet d'un ensemble d'appartements à Exeter. Mon idée a plu mais on a pensé que seul, je n'en viendrais pas à bout.

— Et vous l'auriez pu ?

— Ça n'aurait pas été facile mais j'aurais embauché quelqu'un. Avec le salaire qu'on m'offrait !...

— Vous réussirez la prochaine fois, fit-elle avec gentillesse. Vous trouverez bien une personne qui prendra le risque.

— Merci ! Dites-moi, pourquoi... commença-t-il en hésitant tout en l'observant derrière ses lunettes cerclées d'or.

— Une jeune fille comme moi reste ici ? compléta Théa. On me l'a déjà demandé... C'est très simple : ici, je suis chez moi et j'y suis heureuse !

— Mais que faites-vous donc toute l'année ?

— Beaucoup de choses ! Tenez, par exemple, vendredi nous fêtons la Saint-Jean d'été. Venez, et vous verrez qu'on s'amuse !

— Pourquoi pas ? En attendant, j'ai une foule de problèmes pour concilier les travaux et les habitants... Les personnes âgées sont très difficiles à convaincre ! Elles voudraient que tout reste comme avant...

— Cela ne m'étonne pas, dit Théa en riant. Ils ont passé toute leur vie dans ce village. Pour eux, une salle de bains et un évier neuf ne veulent rien dire.

— Evidemment... Dave a tout de même raison d'affirmer que de ne pas posséder de sanitaires chez soi est impensable à notre époque! C'est une bonne idée de vouloir transformer cet endroit en lieu de vacances!

Ainsi, Dave avait bien l'intention de réaliser son projet concernant Whirlow. Elle se demanda si Gavin était déjà au courant. Ce serait un choc pour lui et sa mère, surtout quand Dave repartirait en Afrique du Sud les laissant responsables de l'hôtel. Théa avait envie d'aller lui en parler et pourtant elle hésitait. Elle avait l'impression que leurs rapports avaient changé, imperceptiblement.

Et Dave... Là encore, Théa était perplexe : avait-elle rêvé tout ce qui était arrivé, entre eux?

— A quoi pensez-vous? s'enquit Bob avec vivacité, la tirant brusquement de ses pensées.

La porte s'ouvrit et Dave entra. La rougeur qui envahit le visage de Théa renseigna Bob mieux qu'une phrase.

— Savez-vous où se trouve Gavin? interrogea Dave.

— Il doit être dans les serres.

— Bien, je le verrai plus tard, fit-il en esquissant une sorte de sourire à l'adresse de Théa. Bob, venez avec moi, j'aimerais voir avec vous les plans de la future cuisine. Mme Murray n'en est pas enchantée du tout!

— J'arrive! J'ai déjà assez bavardé avec votre secrétaire... s'exclama-t-il en riant. Pourrez-vous dactylographier tout ceci pour ce soir? demanda-t-il en lui tendant une liasse de papiers. Il faut les poster demain!

« Décidément, se dit Théa quand les deux hommes furent sortis, la vie n'est pas facile! » Elle glissa une feuille dans sa machine et s'absorba dans son travail pour faire le vide dans son esprit.

Quelques instants plus tard, Gavin réapparut et sembla de mauvaise humeur en apprenant que Dave l'avait demandé.

— J'ai hâte que tout soit fini... grommela-t-il.

— Tu devrais trouver Dave dans la cuisine, avec Bob. Viens-tu à la réunion, ce soir ? demanda-t-elle après un instant d'hésitation. J'ai promis au pasteur de tenir le stand de l' « Eléphant Blanc », vendredi prochain, avec toi !

— Désolé, mais je ne serai pas là. Demain, j'emmène ma mère chez les Lester. Pourquoi ne pas proposer à Dave de me remplacer ? jeta-t-il d'un ton amer.

— Crois-tu vraiment que tu m'aurais parlé comme tu viens de le faire avant ? interrogea-t-elle d'une voix sourde.

— Oui, depuis la nuit dernière ! De toute façon, trancha-t-il en haussant les épaules, Janine ne peut pas y aller seule !

La question n'était pas là mais Théa ne voulut pas en tenir compte. Elle poursuivit :

— Gavin, as-tu changé d'avis à mon égard ? Veux-tu toujours m'épouser ?

Il fit une grimace, le visage contracté.

— Oui. Mais c'est plutôt à toi qu'il faut demander si tu veux encore être ma femme. Non, enchaîna-t-il quand elle voulut parler, ne me dis rien maintenant. Il faut d'abord que tu réfléchisses très sérieusement. Tu dois être sûre de toi, avant tout... Il faut que j'aille voir Dave, dit-il enfin en faisant demi-tour vers la porte.

— Gavin, je t'aime, murmura-t-elle au moment où il allait sortir.

— Je le sais ! Mais j'ai malheureusement l'impression en ce moment d'être un frère plutôt qu'un fiancé !

Une fois seule, Théa se sentit submergée par un flot d'émotions qui l'assaillaient sans répit. Gavin avait raison : elle devait savoir ce qu'elle voulait avant de s'engager définitivement. Et avant tout, oublier Dave, pour toujours.

Bien que la journée de la Saint-Jean d'été s'annonçât belle et chaude, certains affirmèrent que la chaleur venait trop tôt. Pour mieux fêter le solstice d'été, le jour était férié, et tout le village était en congé.

Il y avait d'abord le spectacle de l'école donné en plein air. Du stand de « l'Eléphant Blanc » que Théa était en train de décorer, elle pouvait entendre les cris et les applaudissements qui confirmaient la réussite de la représentation. Elle sourit en pensant aux parents qui, ivres de fierté pour les enfants, ne se rendraient même pas compte si le spectacle était raté. Dans le cœur de chacun d'entre eux, leurs garçons ou leurs filles devenaient des vedettes une fois sur scène...

— Où met-on ceci ? lui demanda Bob Harding qui avait gentiment proposé de remplacer Gavin.

Il tenait en main un vase très laid qui d'après lui ne trouverait aucun acheteur.

— Vous seriez étonné de voir à quel point certaines personnes aiment ce genre de choses. A chacun ses goûts...

— Bien entendu... Mais dites-moi, Théa, vous perdez vraiment votre temps ici ! Non seulement vous êtes ravissante, mais en plus vous êtes très compétente. Pourquoi ne pas venir travailler pour moi ?

— Vous avez déjà une secrétaire, lui rappela-t-elle en plaisantant. Elle a l'air très consciencieuse... Ne vous a-t-elle pas déjà appelé six ou sept fois ?

— Uniquement à propos de travail... Enfin, peut-être pas tout à fait... mais il n'y a rien de sérieux, avoua-t-il d'un air penaud.

— Rien ne vaut la liberté, n'est-ce pas ?

— Votre réflexion est bien curieuse pour une personne qui va se marier ! A moins que vous n'ayez changé d'avis ?

— Non, pas vraiment, soupira-t-elle, soudain saisie d'une brusque envie de se confier à quelqu'un.

Elle changea cependant de sujet et parla de la décoration qui n'était pas terminée.

Tous les kiosques et stands étaient prêts bien avant l'ouverture officielle. Mais quand Théa vit l'amas de nuages noirs, loin vers l'est, elle se demanda avec anxiété combien de temps il allait falloir pour qu'approche l'orage. La matinée avait été trop lourde pour qu'elle ne s'achève pas dans la pluie, les villageois avaient eu raison.

Dave apparut vers midi, portant un plateau de gâteaux et de pâtisseries confectionnés par Mme Murray à l'intention du stand de confiserie. Il parut s'amuser de voir Bob en train d'étiqueter des articles à vendre.

— Toutes ces choses datent au moins du déluge !... D'où peut-on bien sortir ces horreurs ?

— Certaines d'entre elles ont déjà été revendues et rachetées. Voilà six ans que je vois régulièrement cette cruche réapparaître sur le stand !

— Pourquoi ne pas s'en débarrasser ?

— Parce qu'acheteur et vendeur jouent à une sorte de jeu ! Se faire prendre à son tour en quelque sorte...

D'un air goguenard, il l'observait. Il avait deviné qu'elle parlait beaucoup pour éviter une conversation embarrassante.

— Gavin vous a-t-il contactée ?

— Non, il n'en a pas eu le temps, répliqua-t-elle vivement avec indifférence. Mais je suis sûre qu'il est bien arrivé...

— Il aurait pu vous téléphoner, jeta Dave avant de se tourner vers Bob. Partez-vous toujours demain ?

— Eh oui ! Je serais parti aujourd'hui s'il n'y avait pas eu tout ceci à faire. Je ne pouvais décemment pas abandonner une jeune femme en détresse...

— En effet, ironisa Dave. Si le temps le permet, je vous ramènerai en hélicoptère.

— C'est très gentil à vous ! Merci beaucoup.

Dès que Dave s'éloigna, Bob s'empressa de demander à Théa s'il y avait d'autres pilotes sur l'île. Théa lui répondit que Dave allait devoir en chercher un qui veuille bien vivre en permanence sur l'île. Bob s'écria alors :

— J'ai l'homme qu'il lui faut ! Il travaillait dans une grande compagnie de pétrole du Golfe et comme sa femme attend son premier enfant, ils voudraient rentrer au pays. Je suis certain qu'ils aimeraient Sculla !

— Vous devriez en parler à Dave, lui conseilla-t-elle.

Théa songea que si l'affaire se concluait, Dave serait forcé de partir d'autant plus vite. Mais les choses seraient-elles vraiment plus simples s'il s'en allait ? Oui, sans lui, elle pourrait enfin reprendre sa vie comme avant.

Vers la fin de l'après-midi, alors que les nuages avaient envahi presque tout le ciel, la plupart des stands avaient été vidés de leurs marchandises. Seul « l'Eléphant Blanc » offrait encore une belle collection d'articles invendus.

Bob, qui était allé prendre une tasse de thé, revint vers Théa, un large sourire éclairant son visage.

— J'ai rendez-vous avec une jeune femme blonde, une certaine Sally ! La connaissez-vous ? demanda-t-il tout excité.

— Bien sûr ! Savez-vous qu'elle a dix-huit ans à peine ?

— Quoi ? s'écria-t-il, stupéfait. C'est tout ?... C'est elle qui est venue me parler. Elle voulait avoir des renseignements sur les possibilités de travail à Exeter.

— Elle a un emploi d'apprentie-coiffeuse ici.

— Elle pourrait continuer cela à Exeter.

— Et vivre de quoi ? Ne l'encouragez pas, Bob ! Sally n'est pas prête à voler de ses propres ailes. Si vous lui emplissez la tête de promesses, vous risquez d'avoir des ennuis avec ses deux frères ! Ici, les familles s'entraident beaucoup, méfiez-vous !

— D'accord, j'ai compris. Mais je peux tout de même me distraire avec elle ce soir, non ?

Théa sourit en pensant que plus d'un garçon de l'île y verrait à redire mais à dix-huit ans, Sally Anders était assez grande pour savoir avec qui elle passerait la soirée !

Dave ne réapparut pas à la kermesse et bien qu'elle n'eût pas vraiment compté sur lui, Théa se surprit à le guetter. Peut-être avait-il sorti l'un des chevaux ? Elle se souvenait de leur première chevauchée, de leur premier baiser et elle se demandait si lui y songeait encore, s'il ne regrettait pas maintenant de n'avoir pas pris ce qui lui avait été offert, la nuit, à Penzance... A moins qu'il ne préférât vraiment la liberté.

Les réjouissances terminées, il fallait tout ranger et nettoyer pour préparer le barbecue qui allait prendre place ensuite.

Une fois chez elle, Théa eut envie de ne plus en sortir. Mais son absence semblerait étrange pour les villageois, même si elle prétextait une quelconque fatigue. Ils ne pouvaient comprendre qu'en réalité elle était lasse de tous les sentiments contradictoires qui l'agitaient.

Théa fit un effort de toilette et enfila une charmante robe de coton blanc. Elle préféra des sandales à des talons hauts puisqu'elle risquait de danser sur l'herbe. Elle se maquilla très légèrement et fut prête.

Tout le monde allait s'interroger sur le départ de Gavin en ce jour de fête. Quant au voyage de sa mère, c'était une bien piètre excuse. On penserait qu'ils s'étaient disputés et les bavardages iraient bon train. Elle soupira, le cœur lourd à l'idée d'être obligée de vivre sans jamais garder de secret pour soi. Sculla était bien pesant parfois...

8

Le barbecue avait lieu sur la pelouse communale devant l'auberge du *Chêne Royal*. Presque tout le monde y venait et quant Théa y arriva, le mouton grésillait sur la broche. Parmi la plupart des personnes qui buvaient tout en plaisantant, elle vit son père qui, lui, n'avait qu'un verre à moitié rempli. Etant le seul médecin du pays, il ne pouvait jamais se considérer comme libre.

De sa chaise où elle était assise avec les autres mères et épouses du village, Margaret Ralston lui fit signe de la main. Théa eut alors la vision fugitive d'elle-même, trente ans plus tard, installée sous ces mêmes arbres, parlant des mêmes choses, et, pour la première fois de sa vie, en ressentit un vertige. Dave l'avait appelée insulaire avec raison. Sculla était un monde à part, ignorant de ce qui se passait loin de ses côtes. Il fallait avoir vraiment une mentalité particulière pour supporter un tel isolement. Hélas, Dave avait semé le doute dans son esprit et elle n'était plus sûre d'elle-même, ni de quoi que ce soit.

Sans Gavin, Théa eut l'impression d'être un peu esseulée, tout au moins parmi les jeunes de son âge. Bob Harding dansait avec Sally Anders sans se soucier des regards furibonds que lui lançait Barry, le plus jeune fils de Rob Cotteril. A trente-quatre ans, Barry souhaitait vivement se marier, fonder une famille mais en jetant son dévolu sur Sally, Théa songea qu'il courait un gros risque, d'autant plus que cette dernière n'avait pour l'instant aucune envie de ce mariage.

Avec coquetterie, Sally provoquait Bob à dessein car elle se savait observée. Mais son comportement risquait d'attirer des ennuis.

Théa eut envie de prévenir Bob, mais elle ne le fit pas, persuadée qu'il ne tiendrait pas compte de l'avertissement.

— Vous vous amusez ? demanda une voix familière à ses côtés, une voix qui la fit sursauter.

— Je ne pensais pas que vous viendriez, rétorqua-t-elle, surprise.

— Parce que je n'ai pas acheté vos horreurs, cet après-midi ? riposta-t-il, ironique.

— Les bénéfices servent au Noël des enfants, répliqua-t-elle vivement. Le moindre centime est bienvenu !

— Si cela peut vous intéresser, fit-il d'un ton sec, j'ai promis à M. Conniston que je ferai don d'une somme égale à ce que vous aura rapporté la kermesse !

— Pardonnez-moi, Dave ! s'exclama-t-elle en lui prenant le bras, ignorant les regards posés sur eux.

Elle avait l'air sincèrement désolée tandis qu'elle le regardait, ses yeux verts visiblement troublés.

— Gavin vous manque ? insinua-t-il.

— Oui... Il m'a toujours accompagnée au barbecue.

— Il était grand temps que cela change ! Puis-je vous proposer mes services ? jeta-t-il en la saluant d'une petite révérence moqueuse.

Théa faillit refuser mais après tout, que risquait-elle ? Aux yeux de la loi, Gavin était le cousin de Dave. Pour les habitants de l'île, ils étaient comme deux frères. Quoi de plus normal pour un homme que de prendre soin d'un futur membre de sa famille ?

Pendant la soirée qui fut tout à fait réussie, Théa fit part à Dave de son inquiétude à propos de Bob. Immédiatement, Dave proposa un quadrille et invita Sally à le danser avec lui. Peu à peu, les autres se joignirent à eux et il n'y eut plus un seul couple isolé.

104

Théa vit Dave bavarder avec Bob qui changea d'expression. Elle comprit que le message avait été saisi et s'en félicita. Même si Sally était jolie fille, cela ne valait pas la peine de risquer des ennuis.

Le mouton rôti était délicieux, servi sur du pain frais. Personne ne s'embarrassa de couverts et chacun fit la queue pour être servi de viande odorante et chaude.

— Ce n'est pas facile d'empêcher le jus de couler sur le menton, se plaignit Théa en s'essuyant la bouche pour la dixième fois avec une serviette en papier. Quand j'aurai fini, je devrai prendre un bain !

— Vous mangez du bout des lèvres, répondit Dave en riant. Oubliez vos bonnes manières et mordez donc comme ceci, lui montra-t-il en dévorant d'un seul coup un énorme morceau de sa propre part.

— Oui, mais votre bouche est plus grande que la mienne, riposta-t-elle en esquivant la tape amicale qu'il lui destinait, tandis que son cœur se mettait à battre violemment.

« Calme-toi, Théa, se dit-elle. Il faut que je me calme, songea-t-elle, que je ne pense pas à demain... que je profite de l'instant, de cette nuit de la Saint-Jean toute pleine de magie, de cette magie qui fait tourner les têtes et les cœurs. »

Quand la danse recommença, Dave manifesta l'envie d'une promenade, et demanda à Théa si elle voulait l'accompagner.

— Vous vous ennuyez ? s'enquit-elle en apercevant le léger sourire de Dave.

— Non, j'ai besoin de bouger. De temps en temps, il m'arrive de me sentir prisonnier... L'Afrique est grande...

— Oui, je comprends. J'aimerais moi aussi marcher, dit-elle sans plus.

Dans l'agitation qui régnait, personne ne les verrait partir, se dit-elle. Ils prirent le chemin derrière l'église, celui qui menait aux bois. Sans un mot, ils avançaient côte à côte. Théa aurait aimé deviner les pensées de Dave mais elle se tut, craignant d'entendre un mot qu'elle n'avait pas souhaité. De toute évidence, il voulait être seul avec elle et Théa était consciente qu'en l'accompagnant, elle s'engageait de son plein gré.

Un coup de tonnerre la fit sursauter. Elle avait oublié les nuages menaçants amoncelés depuis le matin.

— L'orage est loin, dit Dave, mais il vaut mieux éviter les arbres.

Il bifurqua sur le chemin pour prendre la direction de Whirlow et glissa sa main sous le bras de Théa.

— A moins que vous ne préfériez rentrer maintenant ?

— Et vous, que voulez-vous ? murmura-t-elle frissonnant à son contact.

— Ne jouez pas, fit-il doucement. Je ne suis pas venu pour cela.

Elle lui jeta un regard de biais, consciente que le moment de vérité était arrivé.

— Pourquoi alors m'avez-vous amenée ici ? chuchota-t-elle.

Mais un autre éclair zébra le ciel et de larges gouttes d'eau s'écrasèrent sur le sol.

— Nous sommes plus près de la maison que du village. Pouvez-vous courir ? demanda Dave.

Elle acquiesça, heureuse d'avoir mis des sandales, et Dave entoura ses épaules comme pour tenter de la protéger des cataractes d'eau qui se déversaient sur eux. Sans Dave, Théa n'aurait pas retrouvé son chemin tellement elle était aveuglée. Il la soutenait quand elle trébuchait et poursuivait sa course pour l'entraîner le plus vite possible loin de ce déluge.

En quelques minutes, ils furent trempés et quand ils atteignirent Whirlow, ils entrèrent par la petite porte de côté pour y déposer leurs chaussures boueuses.

— Il faut d'abord enlever tout cela, déclara Dave avec autorité. Il y a un sèche-linge au sous-sol, on y mettra nos vêtements. Suivez-moi.

En montant l'immense escalier de marbre, Théa s'étonna du silence de la maison, mais soudain elle se rappela que tout le village était au barbecue. Elle fut saisie d'une intense sensation de solitude.

Dave la conduisit dans une chambre attenante à un cabinet de toilette. En voyant ses bottes négligemment rangées près d'une commode, elle comprit qu'il s'agissait de sa chambre.

— Ici, derrière la porte, vous trouverez un peignoir. Mettez-le et passez-moi vos affaires. Je vais les mettre tout de suite à sécher. Prenez aussi une bonne douche chaude. On ne peut pas dire que la pluie de Sculla soit tiède !

— Et vous ? demanda-t-elle en claquant des dents.

— Il y a deux autres salles de bains ! Mais je vais faire d'abord du café. Allez-vous, oui ou non, enlever vos vêtements ! s'exclama-t-il avec impatience.

Théa entra dans la pièce carrelée blanche et or et commença à se dévêtir. Une étrange mélancolie l'envahit, comme lorsqu'une fête se termine trop vite. Elle hocha la tête en se disant qu'elle n'avait pas à avoir honte de sa conduite. Elle avait recherché Dave, sa présence, son attention... S'il profitait de la situation, elle ne pourrait s'en vouloir qu'à elle seule.

Par la porte entrouverte, elle lui tendit ses habits, et l'entendit crier que le café allait être prêt.

Ses cheveux, trempés, étaient plaqués sur sa tête ; Théa fit une grimace en contemplant sa propre image. Elle se fit donc un shampooing puis se frictionna avec une épaisse serviette de toilette. Enfin réchauffée, elle parvint à redonner forme à sa coiffure. Mais au fur et à mesure, elle se sentait mal à l'aise. La magie du soir s'était évanouie, effacée par la pluie et le froid. Elle aurait voulu rentrer chez elle, pour y retrouver l'abri douillet de son lit, pour s'y préserver du monde. Jamais Dave ne pourrait lui donner cette impression de sécurité.

Lorsqu'il revint, Théa était assise sur une chaise, paraissant toute frêle dans l'immense peignoir qui était beaucoup trop grand pour elle. Quand il s'approcha d'elle, Théa put sentir l'odeur de son après-rasage.

— Votre robe est presque sèche, annonça-t-il en lui donnant une grande tasse de café. Mais elle va avoir besoin d'un coup de fer, c'est du coton, ce sera facile.

— Je ne vous savais pas homme d'intérieur, s'étonna-t-elle, les yeux baissés.

— Il le faut bien quand on est célibataire ! Je n'ai pas de personnel chez moi et si je donne mon linge à nettoyer, je sais tout de même repasser une chemise !

— Votre maison est-elle très grande ?

— Non, pas trop. Elle a juste un étage comme la plupart des demeures d'Afrique du Sud. C'est mon père qui l'a fait construire quand il a acheté le terrain. Il a fait venir beaucoup de meubles d'Angleterre, ajouta-t-il en allant s'asseoir sur le lit, à quelques centimètres d'elle.

— On dirait que cela ne vous plaît pas ?

— Non, mais ce bois ne supporte pas notre climat. Alors, les volets se gauchissent, les fenêtres aussi... Il va falloir que je remette tout à neuf !

— En style sud-africain, jeta-t-elle sans réfléchir. Dites-moi, Dave, n'avez-vous jamais eu l'intention de rester à Sculla ?

— Pas une fois que j'ai vu ce que je pouvais en attendre ! Je ne pourrais pas vivre comme vous le faites, déclara-t-il, son regard gris rivé sur elle.

« Alors que moi, faillit-elle s'écrier, je pourrais vivre comme vous ! » Au lieu de cela, elle demanda posément :

— Y a-t-il donc tant de différences entre nos deux pays ?

— Oui ! J'ai bien essayé de me convaincre du contraire, mais vient le moment où il ne sert à rien de se mentir. C'est merveilleux ici, mais Dieu qu'on peut s'y ennuyer ! Vous manquez tous par trop d'originalité et d'ambition...

— Nous sommes ternes...

— Non, ce n'est pas ce que je voulais dire ! Mais quand on vit à l'abri des émotions, des efforts, l'esprit s'use et se ramollit. On cesse de réfléchir avec profondeur et même intelligence. La jeune Sally est la seule que j'ai rencontrée qui veuille mener une autre vie. Sans doute parce qu'elle se rend compte qu'en restant ici, elle risque de devenir comme vous tous.

Théa se leva et reposa sa tasse sur le plateau d'une main tremblante, trop bouleversée pour en entendre d'avantage.

— Pourquoi ne retournez-vous pas d'où vous venez ? Après tout, nous ne voulions pas de vous, ici !

— Ce n'est pas de vous dont je parle, Théa...

Elle lui fit face, les yeux étincelants de rage.

— Mais oui, bien sûr ! Vous vous moquez de ce que je suis... Ah ! Combien je préfère Gavin et comme il me tarde que nous soyons mariés !

— Vous ne l'êtes pas encore, trancha-t-il d'un ton calme mais inquiétant. Et il n'y a pas longtemps, vous ne repoussiez pas mes avances !...

— C'était l'ivresse de la Saint-Jean, voilà tout ! lança-t-elle. Jamais vous ne parviendrez à m'émouvoir à nouveau !

Elle ne le vit pas froncer les sourcils d'un air menaçant, mais se retrouva soudain contre lui, ses prunelles grises rivées sur les siennes.

— Il n'y a qu'une façon de le prouver, gronda-t-il.

Sa bouche l'étouffait, meurtrissait ses lèvres. Théa se débattit quand il défit la ceinture de son peignoir puis elle faiblit, vaincue par ses baisers. Il la repoussa pour la contempler sans colère, d'un air ému.

Du bout des doigts, il traça la courbe de ses hanches, de sa gorge et elle crut défaillir. Puis il la souleva et l'emmena sur le lit où, penché sur elle, il l'embrassa passionnément, avec violence. Elle lui rendait son étreinte, totalement soumise. Gavin ne comptait plus, plus rien ne comptait que Dave ! Théa voulait lui donner tout d'elle, tout découvrir. Elle l'aimait, elle le savait enfin. Elle l'aimait assez pour se moquer de l'avenir ! Elle cria son nom puis se blottit tout contre lui et sombra dans un monde d'où elle ne voulait plus revenir.

Dave resta longtemps immobile avant de rouler sur le dos, les yeux grands ouverts.

— Vous n'allez pas me croire, murmura-t-il d'une voix rauque, mais je ne voulais pas aller aussi loin...

Cette phrase ramena brusquement Théa à la dure réalité. Qu'avait-elle espéré ?

— Vous avez raison, je ne vous crois pas ! s'écria-t-elle, blessée. Vous saviez parfaitement ce qui allait se passer, vous l'aviez préparé, prévu...

— Même la pluie ?... ironisa-t-il en se redressant sur un coude. Vous ne partirez pas tant que vous ne m'aurez pas écouté, ajouta-t-il d'un air sombre.

— Il n'y a rien à dire. Vous avez eu ce que vous vouliez !

— Je ne vous ai tout de même pas violentée ! s'exclama-t-il.

— Non... mais vous avez gagné !

— Théa, taisez-vous ! Vous devez m'écouter, répéta-t-il.

— Je déteste les remords qui viennent trop tard ! riposta-t-elle.

— Etes-vous toujours persuadée que j'avais tout manigancé ? Dans ce cas, vous avez raison, je n'ai plus rien à vous expliquer.

Dès qu'il fut sorti, les épaules voûtées, le visage impénétrable, Théa courut à la salle de bains où elle s'enferma. Dans le miroir, elle vit alors son image, ses traits tirés, ses yeux cernés. Tout à coup, elle fut submergée d'un profond dégoût pour elle-même. Elle avait cédé à Dave par faiblesse, Dave pour qui l'amour ne signifiait rien.

Qu'allait-elle devenir, à présent ? Elle n'avait plus le droit de penser à Gavin, elle ne le méritait plus. Pourtant, un jour, il lui faudrait bien avouer la vérité. Comment ? Elle ne voulait même pas y penser...

Derrière la porte, Dave lui annonça que ses vêtements étaient secs et qu'il allait la ramener chez elle.

D'un geste brusque, Théa ramassa sa robe blanche

chiffonnée et l'enfila. Puis elle sortit de la chambre et descendit l'escalier. Dave l'attendait, tenant d'une main ses sandales, de l'autre, un imperméable qu'il lui tendit.

Il pleuvait encore assez et Dave fut trempé quand il monta dans la voiture mais il parut ne pas s'en soucier. Les lèvres pincées, le visage fermé, il paraissait inabordable. Il ne prononça pas un mot pendant le retour, attentif au chemin détrempé et étroit sur lequel il roulait. Le village était désert, seule une lumière brillait : celle de la maison de Théa. Sa mère ne devait pas dormir, guettant le retour de sa fille.

Dave coupa le contact et se pencha vers Théa pour lui ouvrir la portière.

— Vous êtes chez vous ! C'est bien ce que vous vouliez ?

— Absolument !... Laissez-moi... s'écria-t-elle au moment où elle sentit sa main effleurer sa nuque.

— Je remontais votre col... Je ne voulais rien d'autre ! fit-il avec lassitude. Théa, je suis navré de ce qui s'est passé et de la façon dont c'est arrivé. Maintenant, je vous le jure, je ne m'excuserai plus. Demain, nous reparlerons de tout cela, calmement...

— Vous le ferez seul ! jeta-t-elle en s'éloignant.

Théa ouvrit la grille et il démarra. En voyant les feux disparaître, elle se sentit terriblement seule.

En haut de l'escalier, Margaret surgit en chemise de nuit.

— Sais-tu qu'il est minuit passé ! s'écria-t-elle, furieuse.

Théa lui expliqua qu'elle avait été surprise par l'orage et qu'elle avait dû se réfugier à Whirlow, avec Dave, pour se sécher.

— Tu aurais pu téléphoner ! Pourquoi étais-tu avec lui ?

— Il voulait me parler de ses projets. Il va sans doute transformer Whirlow en une sorte d'hôtel. Mais après son départ, bien sûr ! ajouta Théa d'une voix ferme, le cœur battant.

— Il part vraiment ? s'enquit Margaret Ralston.

— Oui, il n'a jamais eu l'intention de rester ! Gavin s'est inquiété pour rien... Tout va redevenir comme avant, à part les touristes ! Il va falloir s'y habituer !

— Gavin t'a appelée vers onze heures. Il avait une chose importante à te dire. J'ai dû lui avouer que tu n'étais pas encore rentrée... Il te téléphonera à la première heure, demain matin.

— Oh ! Alors, il faut que je me couche ! Excuse-moi de ne pas t'avoir prévenue... J'aurais vraiment dû le faire, ajouta-t-elle en souriant tendrement.

— Dave aussi aurait pu ! trancha Margaret, hésitante.

Elle commença une phrase mais s'interrompit, comme plongée dans une intense réflexion. Elle se contenta de faire remarquer à sa fille que sa robe était dans un triste état.

— Je la laverai demain ! Bonsoir !

Seule dans sa chambre, Théa se déshabilla comme un automate et se glissa dans les draps, les yeux grands ouverts dans le noir. Elle sentait qu'elle n'arriverait pas à dormir... Tout son corps était douloureux, tendu, vibrant d'une attente intenable. Comme elle aurait aimé sentir la présence de Dave ! Elle avait tellement envie de se blottir dans ses bras ! Mais tout cela ne signifiait rien puisqu'il ne l'aimait pas. Théa avait compris la leçon impitoyable et maintenant, elle devrait s'en souvenir, toujours, ne jamais l'oublier !

9

Gavin appela à huit heures trente, sa voix claire et nette résonnant au bout du fil. Il demanda immédiatement à Théa où elle avait passé la soirée. Elle n'hésita pas à répondre que, surprise par un orage, elle avait dû se mettre à l'abri.

— Où étais-tu ?

— A Whirlow ! déclara-t-elle d'un ton ferme, décidée à ne pas mentir. Savais-tu que Dave rentrait pour de bon en Afrique du Sud ? enchaîna-t-elle sans lui laisser le temps de parler.

Il y eut un long silence.

— Non, il ne m'en a rien dit !

— A moi si, parce que je lui ai posé la question... Tu seras bientôt, de nouveau, le maître de Sculla !

— En nom seulement, riposta Gavin.

— Quelle importance ?

— Cela change tout, en particulier maintenant ! trancha-t-il d'un ton brusque.

— Pourquoi maintenant ? Que s'est-il passé ?

— Des amis américains des Lester viennent de me proposer un emploi, la gérance d'une terre à quelques kilomètres d'ici. Ils veulent y faire de l'élevage de bovins.

— Tu n'y connais rien dans ce domaine, coupa Théa.

— Je ne m'occuperai que du marché financier ! L'intérêt, c'est qu'avec ce poste, on m'offre une maison. Il faudra y effectuer quelques travaux... Ma mère est ravie car elle aura son propre appartement à Gloucester, tout près de ses amis et de sa famille. Au début, j'aurai un salaire un peu moins important qu'à Whirlow, mais je serai augmenté régulièrement, selon le travail accompli.

Théa ne savait que penser, que dire. Qu'attendait-il d'elle ?

— On dirait que c'est une offre très valable, parvint-elle enfin à bredouiller. Est-ce sérieux pour toi ?

— J'ai accepté ! Tu comprends, Théa, Sculla m'avait été offert sur un plateau, tandis que ce travail-ci dépend de mes aptitudes ! Je l'ai obtenu parce que je savais de quoi je parlais !

— Tu as dû être vraiment très occupé !

— Oui, beaucoup ! J'ai rencontré les Parton, jeudi dernier chez les Lester et dès le lendemain, je suis allé visiter les terres avec Jeff. Il est tout à fait sympathique et sa femme aussi. Ils te plairont tous les deux... Serais-tu d'accord pour quitter l'île ? demanda-t-il d'une voix plus lointaine, comme hésitante.

— La question n'est pas là, répondit-elle sans trop savoir comment tourner sa phrase. Te souviens-tu, Gavin, de la conversation que nous avons eue à propos de nos relations... fraternelles ? C'est une mauvaise base pour se marier...

— J'étais jaloux, admit-il. Dave te plaisait...

— Et penses-tu t'être trompé ?

— Non, mais je vois les choses avec recul. Dave n'est qu'une passade ! Tandis que notre relation est durable !

— Ce travail dépend-il du fait que tu sois marié ? s'enquit-elle posément.

— Ce serait préférable, convint-il après un silence. Mais même si j'étais célibataire, ils me garderaient car ils ont eu assez de mal à trouver une personne compétente !

— Nous parlerons de tout cela à ton retour...

Il acquiesça et Théa comprit qu'il se doutait déjà de sa réponse, à elle. Il ajouta qu'il aurait peut-être mieux valu lui annoncer la chose de vive voix. En effet, songea-t-elle, tout le village allait être au courant, grâce à l'indiscrétion de la téléphoniste.

Avant de raccrocher, il lui demanda de ne pas en parler à Dave, il voulait avoir le plaisir de le faire lui-même. Dave aurait du mal à trouver un remplaçant à Sculla puisque lui-même avait clairement annoncé son intention de ne pas rester sur l'île.

Après la pluie, le temps se rafraîchit malgré un ciel très clair. Théa chevaucha avec Lady jusqu'à la pointe nord de Sculla où elle passa sa journée sur la plage, dans une complète solitude. Dave l'y surprit vers le milieu de l'après-midi.

— Je vous ai cherchée partout, lança-t-il en sautant à bas de Major. Nous devons parler, Théa.

— De quoi ? riposta-t-elle sans lever les yeux du tas de galets qu'elle avait amassé.

Elle tenait à la main une sorte de plaque de bois à moitié pourrie sur laquelle on pouvait encore lire une inscription : « Le vagabond des mers ».

— Et si notre moment d'égarement d'hier avait des conséquences ? demanda-t-il gravement, un pâle sourire éclairant à peine son visage.

— Naturellement... murmura-t-elle en le défiant du regard. Mais si vous y aviez pensé, cela vous aurait-il arrêté ? poursuivit-elle, impitoyable.

— Pas de la manière dont les choses se sont passées ! Je ne pouvais plus réfléchir à rien, avoua-t-il d'une voix rauque.

— Ai-je donc tant de charme ? lança-t-elle, acide.

Il se pencha soudain vers elle et la saisit par les épaules, la forçant à se lever, ses doigts lui brûlant la chair.

— Ne jouez pas les cyniques avec moi, Théa !

— Parce que vous en avez le monopole ?

Ses yeux se rétrécirent et il relâcha son étreinte.

— M'épouseriez-vous si je vous le demandais ?

Théa reçut les mots comme un coup en plein cœur.

Elle eut envie de le faire souffrir comme elle souffrait, de gifler ce visage impassible.

— Jamais je ne vous épouserai, s'écria-t-elle d'une voix aiguë, pour rien au monde !

— Vous changerez peut-être d'avis dans quelque temps, dit-il le regard froid.

— Voulez-vous insinuer que vous resterez pour vous en assurer ?

— Je n'ai jamais dit que j'avais l'intention de m'en aller aussi vite. Je ne partirai qu'à la fin de l'été.

Théa le regarda sans le voir, tentant de maîtriser les émotions qui la submergeaient.

— Vous ne me devez rien, j'étais parfaitement consciente !

— Mais c'est moi qui vous ai amenée à être consentante ! J'espérais juste vous ouvrir les yeux pour que vous vous rendiez compte de ce qui vous manquait avec Gavin. Mais je n'ai pas su garder mon sang-froid et maintenant, je suis responsable de vous.

— Je suis capable de me prendre en main toute seule !

— Et si ?...

Elle haussa les épaules et s'éloigna vers Lady.

— Non, je n'ai pas besoin de vous ! Si vous ne quittez pas Sculla, c'est moi qui partirai !

— Et vos parents ? Vous ne pouvez pas vous enfuir ainsi... De toute façon, je vous ferai suivre, grommela-t-il.

— Etant l'épouse de Gavin, ce serait assez déplacé ! jeta-t-elle avec raideur tout en observant la réaction de Dave.

— Parce que vous allez précipiter votre mariage avec Gavin ?

— Oh non ! Je lui dirai d'abord la vérité !

— Et vous pensez qu'il l'acceptera...

— Bien sûr ! C'est un homme de cœur, lui ! Il comprend les choses et les êtres... Il n'est pas comme vous ! D'ailleurs, il veut avancer la cérémonie, il me l'a dit ce matin au téléphone.

— Pourquoi le ferait-il ?

— Il sera très content de vous le révéler lui-même !

— De quoi s'agit-il ? questionna Dave d'un ton brusque.

— Il vous en parlera ! fit-elle en reculant.

Mais il se mit à avancer vers elle, les poings serrés.

— Non ! C'est vous qui allez le faire ! Sinon...

— Sinon quoi ? Vous frapperiez une femme qui risque d'être...

Mais Théa comprit qu'elle avait été trop loin quand elle vit les yeux gris luire dangereusement.

Au lieu de l'emporter sur un lit, comme la nuit précédente, il la déposa sur le sable, en la maintenant sous lui pour l'empêcher de se débattre.

— Hier soir j'ai commis une erreur. Aujourd'hui, c'est autre chose ! Voulez-vous que je vous montre comme c'est facile ?

Théa ne put que secouer la tête. Elle ne voulait pas de lui et pourtant, déjà, tout son corps le réclamait. Il n'aurait aucun mal à venir à bout de sa résistance.

— Allez-vous enfin parler...

Très vite, elle raconta ce que Gavin lui avait expliqué, écœurée de trahir son secret. Elle se redressa, et d'un ton agressif, jeta :

— Il va falloir maintenant que vous trouviez un pilote et un régisseur... Je vous souhaite bonne chance !

— J'ai trouvé un pilote, c'est un ami de Bob Harding. Quant à l'autre problème, j'ai deux mois pour le résoudre, fit-il calmement, sans aucune émotion.

Il contemplait fixement la bouche de Théa mais d'un seul coup, il se releva, passa sa main dans ses cheveux et s'assit, les coudes sur ses genoux.

— Je ne vous laisserai pas faire, Théa !

— Vous n'avez pas le droit de décider pour les autres ! siffla-t-elle entre les dents.

— Le droit ? répéta-t-il. J'ai le droit de ne pas vous abandonner ! Epousez Gavin et vous gâcherez votre vie tout autant que la sienne.

Théa sentit sa gorge se nouer. Elle était consciente qu'elle ne pouvait plus épouser Gavin, même s'il lui pardonnait.

— Pourquoi êtes-vous donc venu ici ? demanda-t-elle des sanglots dans la voix. Vous avez brisé ma vie !

— En offrant de vous épouser ? s'étonna-t-il.

Théa crut entendre avec les cris des mouettes, l'écho de la douleur qui la déchirait. Elle avait envie de crier, elle aussi, de marteler de ses poings son visage, son corps qu'elle haïssait.

— Allez au diable ! fit-elle, les dents serrées, tandis qu'elle cherchait du regard Lady qui paissait tranquillement à l'abri des dunes.

Au moment où elle ramassait sa selle, Dave s'en empara, pour la jeter lui-même sur le dos de l'animal.

— Je n'ai pas besoin de votre aide, marmonna-t-elle. Allez-vous-en !

— Vous ne savez pas ce dont vous avez besoin, jugea-t-il en serrant les sangles. A part la nuit dernière... Nous pourrions construire quelque chose avec cela... soupira-t-il.

— Où ? En Afrique du Sud ? fit-elle, les poings sur les hanches.

— Ici, pour commencer. Nous avons tout l'été devant nous. Je vous assure que vous auriez une vie agréable, là-bas. Vous ne vous ennuieriez pas avec Karen Ryall pour voisine...

Du plat de la main, il donna une tape amicale sur le col de Lady qui fit un pas de côté.

— Gardez vos promesses pour celles qui les apprécieront ! rétorqua-t-elle en lui arrachant les rênes.

— J'attendrai !

— Cela ne servira à rien.

— A moins que notre folie ait eu des conséquences !

D'un bond elle fut sur la selle, éperonnant Lady avec vigueur. Elle voulait fuir, ne plus faire face à Dave, ne plus penser à ce qui risquait d'arriver. Elle voulait galoper, oublier que sa mère mourrait de honte si la

118

prédiction de Dave devenait vraie. Dave la suivait, il allait la rattraper et Théa songea qu'au fond, elle devait tout de même lui être reconnaissante de son honnêteté. Tant d'hommes fuiraient leur responsabilité... Non, elle ne pouvait pas accepter sa proposition car, si elle l'épousait, plus rien, jamais, ne serait clair entre eux. Non elle ne l'épouserait pas !

Dave avait fini par la rejoindre et sans un mot, il chevauchait à ses côtés. Oh mon Dieu ! soupira-t-elle au moment où la botte de Dave frôla la sienne, pourquoi avait-il fallu que tout cela arrive ?

Le lundi matin, le *Molly* accosta sous un ciel pur doré des lueurs du matin. Du quai, Théa aperçut Gavin, sur le pont, qui agitait la main. Elle lui répondit, mais comprit que ce n'était pas à elle qu'il s'était adressé, quand elle le vit se pencher pour aider quelqu'un à sortir de l'écoutille.

Une grande jeune fille brune, très jolie, riait, sa main dans celle de Gavin. Ensemble, ils descendirent la passerelle.

Lorsqu'il reconnut Théa, Gavin s'arrêta pour chuchoter un mot à sa nouvelle amie puis se remit à marcher.

— Je ne savais pas que tu serais là, déclara-t-il en déposant un baiser furtif sur sa joue. Claire Westwood, voici Théa Ralston, la fille du médecin de l'île !

— Bonjour ! fit Claire d'une voix grave, vibrante, qui était certainement très attirante.

— Vous venez d'Afrique du Sud ? s'exclama Théa qui avait immédiatement reconnu l'accent.

— Cela s'entend donc tant ? s'enquit Claire avec un large sourire.

— Vous devez être une amie de Dave ? demanda Théa qui devinait déjà la réponse.

— En quelque sorte, convint Claire en éclatant de rire. Il est ici ?

— Pas pour l'instant. Vous attendait-il ?

— Non, je voulais lui faire une surprise. Je viens de passer quelques mois aux Etats-Unis et je n'ai reçu sa lettre, dans laquelle il m'annonçait sa venue ici, qu'il y a une quinzaine de jours. Comme je voulais visiter l'Angleterre avant de rentrer chez moi, c'était l'occasion rêvée... Le bateau que je viens de prendre est abominable ! s'exclama-t-elle en riant, mais d'une voix un peu aigre. J'ai vraiment cru que j'allais avoir le mal de mer !

— Il n'y a pas que vous, l'interrompit Gavin, chaleureusement. Si Dave avait été prévenu de votre arrivée, il aurait été vous chercher en hélicoptère.

— Vous en avez un, ici ? Quelle chance ! Là-bas, Dave en possède un aussi. Il en a besoin pour aller d'une de ses propriétés à l'autre.

— Des propriétés qui lui appartiennent ? demanda Gavin sans cacher sa surprise. Il n'en a jamais parlé !

— Il ne s'occupe pas que de fruits... Mais son point d'attache reste Whirlow.

— La maison d'ici s'appelle aussi Whirlow, déclara Théa, surprise.

— Vraiment ? Oh ! Son père avait la nostalgie du pays... Au fait, comment vais-je pouvoir me rendre à cette maison ? demanda-t-elle, avec une certaine nervosité.

— Mon père m'a prêté sa voiture, dit Théa à Gavin. Prends le volant, je vais monter à l'arrière. Je suis désolée, ce n'est pas très confortable, fit-elle à l'adresse de Claire. Mais elle marche très bien...

La jeune fille s'avança avec elle sur le quai, laissant Gavin porter tous ses bagages. Théa estima qu'elle devait avoir vingt-cinq ou vingt-six ans environ et devant tant d'assurance, elle se sentit soudain gauche. L'ensemble safari que portait Claire était d'une coupe impeccable. Autour du cou, elle avait négligemment noué un mouchoir de soie écarlate.

— Y a-t-il longtemps que vous connaissez Dave ?

— Oh... depuis toujours ! Nous sommes voisins ! Mais je serai bien contente de rentrer chez moi... Pourtant, je n'aurais manqué ce voyage pour rien au monde ! J'ai l'impression de ne pas avoir vu Dave depuis des siècles. Comment va-t-il ? Quand revient-il en Afrique ?

— Il va bien, la rassura froidement Théa. Pour le reste, vous lui demanderez vous-même !

Ils avaient à peine atteint la petite voiture que l'autre véhicule de l'île surgit à toute allure et freina brusquement près d'eux. Dave ouvrit la portière et se figea, stupéfait, en reconnaissant la jeune fille.

— Comment, diable ?... s'écria-t-il.

— Un coup de tête, chéri... Content ? lui demanda-t-elle avant de l'embrasser, nouant les bras autour de son cou.

Il ne fit rien pour se dégager de l'étreinte, un étrange petit sourire errant sur les lèvres.

— D'où viens-tu ?

— De Londres ! J'ai atterri ce matin et j'ai pris le train pour... Penzance.

Elle riait sans se soucier du manque d'enthousiasme de son accueil.

— Il m'a fallu des heures pour trouver le moyen d'arriver ici ! J'ai finalement échoué sur ce... bateau, dirons-nous. S'il n'y avait pas eu Gavin, je crois que j'aurais sauté par-dessus bord...

— Tu exagères toujours... fit-il en lui caressant la joue dans un geste qui blessa Théa. Je suis enchanté de te voir. Emmenez Théa, conseilla-t-il à Gavin, vous devez avoir beaucoup de choses à vous dire... Je vais déposer Claire.

Pendant le trajet du retour, Théa essaya de parler avec Gavin.

— Quand doit commencer ton nouveau travail ?

— Dans un mois ! D'ici là, Dave aura eu le temps de trouver quelqu'un d'autre. D'ailleurs, on peut se demander pourquoi il reste ici alors qu'une femme comme Claire l'attend chez lui...

— Pas exactement ! murmura-t-elle.

— Tu sais très bien ce que je veux dire... Est-ce donc si douloureux que cela de voir qu'il a une amie ? interrogea-t-il en lui jetant un regard de biais.

— Non. Ainsi que tu l'avais prédit, c'était juste une passade ! fit semblant d'affirmer Théa.

— Tant mieux, soupira-t-il, soulagé.

— J'ai réfléchi à ce dont tu m'as parlé...

— Et alors ? s'empressa-t-il de demander.

— Je ne peux vraiment pas t'épouser, Gavin. Cela ne marcherait pas, ajouta-t-elle avec sincérité.

— Pourquoi ? Dis-moi pourquoi ? Tu m'aimais, non ?

— Je t'aime, pourtant je sais que ce n'est pas suffisant. Essaie de comprendre, Gavin... C'est mieux pour toi comme pour moi ! Tu trouveras quelqu'un d'autre.

— Et toi, qui trouveras-tu ? jeta-t-il d'un ton froid. Dave est déjà pris !

— Je sais, répondit-elle avec désinvolture. Mais peut-être que son successeur me plaira...

— C'est moi qui te plais ! explosa-t-il, en perdant tout contrôle. Arrête la voiture ! Comment peux-tu discuter de ce genre de chose pendant que tu conduis ?

— Il n'y a rien à dire. Tu dois accepter tout cela. Je suis désolée, tout à fait désolée, mais c'est ainsi, affirma-t-elle, tandis que le désespoir l'envahissait.

— C'est à cause de Dave... Avant son arrivée, tu étais parfaitement heureuse.

— Je croyais l'être ! A présent je me rends compte que nous ne faisions que perdre notre temps.

Théa ne quittait pas du regard la route étroite et sinueuse.

— Il va aussi falloir que je parte. Je ne sais pas où et quand, mais je dois absolument faire quelque chose d'autre !

— Tes parents ne vont pas apprécier cette idée...

— C'est vrai, admit-elle en se mordant les lèvres.

— Je n'arrive pas à croire que tout ait pu changer ainsi, en quelques jours...

— Mais toi, es-tu ravi de ton nouveau travail ?

— Oh oui ! répondit-il d'un ton enthousiaste.

Whirlow apparut nimbé de toutes ses lumières qui

repoussaient la nuit. Théa arrêta la voiture et ne bougea pas tandis que Gavin ouvrait la portière.

— Tu ne viens pas?

— Non, je n'ai rien à faire ici pour le moment. A demain! fit-elle en souriant à peine.

Lorsqu'elle rentra chez elle, son père était à la cuisine en train de se préparer une boisson chaude.

— Ta mère est déjà couchée, elle avait une migraine, annonça-t-il à Théa. Je croyais que tu rentrerais beaucoup plus tard...

— J'avais envie de me coucher tôt, mentit-elle. Y a-t-il assez de lait pour nous deux?

— On peut toujours rajouter un peu d'eau dans un chocolat.

John Ralston prit un autre bol qu'il remplit de lait chaud et dans lequel il versa une cuiller de cacao. Puis il le tendit à sa fille et s'assit à table, en face d'elle.

— Si nous parlions un peu de ce qui te préoccupe, proposa-t-il calmement... Et ne prétends pas qu'il n'y a rien! On voit bien que tu es inquiète, nerveuse.

En croisant le regard chaleureux de son père, Théa eut une soudaine envie de se laisser aller et de tout raconter, une envie fugace qui passa aussi vite qu'elle était venue et Théa décida de se taire. A quoi bon chagriner ses parents? Elle s'installa confortablement sur sa chaise, d'un air le plus désinvolte possible.

— Je suis désolée, j'aurais dû en effet te parler plus tôt. Gavin quitte Sculla! Il a trouvé du travail sur le continent...

— C'est donc sûr? s'enquit-il d'un air ennuyé.

— Tout à fait! Il me l'a annoncé samedi matin, au téléphone. C'était une occasion tout à fait unique!

— Et tu lui as dit que Dave allait partir, lui aussi?

— Oui, mais il a envie de se dégager des Barrington. Son travail commence dans un mois.

Son père baissa la tête.

— Et il aimerait que tu viennes avec lui... Nous allons

123

être désolés de ton départ, mais ton bonheur passe avant tout ! Allez-vous avancer votre mariage ?

— Non ! Je n'épouserai pas Gavin, murmura-t-elle d'une voix tremblante.

Il releva la tête et plongea ses yeux dans ceux de sa fille.

— A cause de son travail ?

— Il y a autre chose... fit-elle en bâillant. Je me suis trompée, je ne l'aime pas comme je le devrais.

Son père la dévisagea un long moment en silence.

— Et comment devrais-tu l'aimer ?

— Plus fort... plus... Je ne trouve pas les mots, jeta-t-elle avec nervosité. Je n'en suis pas assez amoureuse, voilà tout !

— Tu préfères sans doute Dave, sourit-il tendrement. Je ne suis pas aveugle, tu sais, et ta mère non plus ! Nous avons bien vu ton changement depuis qu'il est arrivé à Sculla... Nous espérions de tout cœur que ce ne serait qu'une attirance passagère... Et lui, qu'en pense-t-il ?

— Rien ! fit-elle en taisant la vérité, un sourire amer sur les lèvres. En réalité, une de ses amies est arrivée ce soir par le *Molly*. Une de ses voisines à Natal...

— Je suis désolé, souffla-t-il avec une compassion mêlée d'un soulagement évident. C'est peut-être mieux ainsi... Il n'est pas de notre monde, Théa !

— Je le sais bien... Mais ne t'inquiète pas, je l'oublierai !

Une partie d'elle-même criait le contraire mais Théa l'ignora avec détermination. Elle expliqua à son père qu'il lui faudrait sans doute s'éloigner un peu de Sculla pour se changer les idées. Elle lui demanda si tante Thelma, à Exeter, ne pourrait pas l'accueillir.

— C'est une excellente idée, approuva-t-il. Mais ton travail ici ? Il y a beaucoup à faire en ce moment, Dave ne trouvera pas quelqu'un tout de suite...

— Nous verrons bien... Tu appelleras tante Thelma pour moi ? demanda-t-elle à son père.

— Demain matin, sans faute ! promit-il.

Il étendit la main et caressa tendrement la joue de sa fille.

— C'est bien dommage que tout cela soit arrivé et que Dave n'ait rien fait pour l'empêcher. Il n'est pourtant pas idiot...

Il se tut, ayant aperçu l'imperceptible tremblement des lèvres de Théa.

— J'espère au moins qu'il n'a rien fait pour t'encourager ?

— Je n'avais pas besoin d'encouragements, répondit-elle avec sincérité. Mais je l'oublierai... Après quelques jours loin d'ici, je l'aurai oublié, affirma-t-elle en souriant.

— Je parlerai moi-même à ta mère. Elle va être désolée mais elle comprendra. Iras-tu au bureau demain ?

— Il le faut bien ! Je ne peux pas tout abandonner. Je ne partirai à Exeter que samedi, si toutefois tante Thelma est d'accord.

Théa but d'un trait son bol de chocolat et se leva en déclarant qu'elle était épuisée.

— Tu iras mieux après une bonne nuit de sommeil ! Bonsoir, ma chérie !

Pourquoi, au nom du Ciel, avait-elle dit qu'elle voulait aller à Exeter ? Sa tante ne manquerait pas de s'enquérir sur les raisons de ce voyage soudain, surtout après tant d'années de silence. Mais Théa devait bien trouver un endroit où se réfugier... Car elle ne pouvait supporter l'idée de faire face à Dave, des semaines et des jours entiers.

10

Les deux jours suivants parurent interminables à Théa. Elle vit Dave de temps en temps mais jamais il n'était seul. Claire, bien qu'aimable, paraissait beaucoup plus distante qu'à son arrivée. Pendant le déjeuner, à plusieurs reprises, Théa surprit son regard posé sur elle, comme si la jeune fille mesurait ou évaluait des possibilités. En tous les cas, elle gardait ses réflexions pour elle-même.

Le mercredi après-midi, Théa put enfin parler avec Dave.

— Je sais que l'on peut demander à toucher à l'avance ses congés payés, et j'aimerais avoir les miens samedi prochain. J'ai droit à trois semaines, cette année.

Il l'observa un instant, le visage grave.

— Je suis désolé, nous ne pouvons pas nous séparer de vous en ce moment. Les entrepreneurs seront là lundi !

— Vous n'avez pas l'air de comprendre, Dave, reprit-elle sans lever les yeux de sa machine à écrire. Je pars ! Vous pouvez considérer que je donne ma démission...

— Pour aller où ?

— Chez une tante.

— Jusqu'à ce que vous sachiez ce qui va se passer ? s'enquit-il sèchement.

Elle leva la tête, les yeux étincelant de colère.

— Vous ne m'en empêcherez pas !

— Si, parce qu'il se pourrait que j'en parle à vos parents. Je raconterai toute l'histoire...

Théa le dévisagea, le cœur battant au souvenir des instants passés dans ses bras.

— Pourquoi ? demanda-t-elle d'une voix sourde.

— Je veux pouvoir vous surveiller !

— Je n'ai pas l'intention d'agir sottement... dit-elle en secouant la tête, d'un air solennel.

Elle se redressa et prit une longue inspiration avant de lancer :

— Qu'allez-vous dire à Claire ? ajouta-t-elle en le défiant du regard.

— Cela ne la regarde pas du tout !

— Vous voulez dire qu'elle a fait tout ce voyage pour vous voir, comme cela, sans raison ? Je ne suis pas idiote, Dave, j'ai bien vu la façon dont elle vous a embrassé ! Ne prétendez pas qu'il n'y a rien entre vous !

— Je n'essaie pas de vous dire quoi que ce soit... Cela ne servirait à rien. Avez-vous rompu avec Gavin ?

— Tout à fait et sans retour... Vous aviez raison, je ne pouvais pas le mêler à cette... aventure !

— Maintenant, il n'y a plus qu'une chose à faire : attendre ! décréta-t-il.

— Cela ne changera rien, rien du tout ! s'obstina Théa.

— Nous verrons... Mais souvenez-vous, Théa, pas de fuite précipitée. J'apprécie beaucoup votre père et je serais désolé de lui faire de la peine !

Effondrée sur sa chaise, Théa ne bougea pas lorsque Gavin entra dans son bureau.

— Tu vas bien ? questionna-t-il tout de suite, d'un air inquiet.

— Juste un peu fatiguée. Je dors très mal depuis ces temps derniers.

— Moi aussi... Je passe mes nuits à me poser des questions, à essayer de comprendre pourquoi tout a mal tourné...

— Ce n'est pas toi qui as mal agi, c'est moi.

Gavin la contempla avec attention et demanda enfin :

— Si nous tentions de tout recommencer ensemble...

— Non, c'est impossible... Mais merci, merci Gavin, dit-elle, le visage tendu.

— Tu perds ton temps à attendre un homme qui n'est même pas libre... Dave et Claire...

— Il t'en a parlé ? s'enquit-elle, tendue.

— Non, c'est Claire qui l'a fait. Elle m'a expliqué qu'ils vivaient comme cela depuis des années, jusqu'à ce qu'ils se marient. Dave lui a suggéré ce voyage aux Etats-Unis dans l'espoir qu'à son retour, elle ait envie de l'épouser. Elle a l'air d'être décidée. Dave appartient à Claire, comme toi tu m'appartiens ! Tu le pourrais encore si tu le voulais !

— Gavin, murmura-t-elle d'une voix presque inaudible, m'as-tu déjà désirée, je veux dire physiquement ?

Il la fixa, ahuri.

— Que signifie cette question ? Bien sûr, je t'ai souvent désirée, répliqua-t-il avec gêne.

— Tu ne me l'as jamais montré !

— Que devais-je faire ? Te séduire immédiatement ? Non merci ! Je laisse ce genre de choses à des gens comme Dave ! Il doit être très fort pour cela, n'est-ce pas ?

Théa n'eut pas besoin de répondre. Les joues en feu, elle dut baisser la tête pour éviter le regard scrutateur de Gavin rivé sur elle.

— Comment as-tu deviné ? souffla-t-elle.

— Par ton comportement depuis mon retour, tes regards quand tu te crois seule... S'il n'était pas aussi grand, je crois bien que je me battrais avec lui ! s'écria-t-il sèchement.

Théa contempla Gavin d'un air stupéfait.

— Et sachant cela, tu serais prêt à me reprendre ?

— Bien entendu ! Tu as été victime d'un séducteur. Ce n'est pas à toi que j'en veux !

— Et sachant cela, tu ne veux pourtant pas te battre avec lui ? s'étonna-t-elle, tout en sachant qu'elle était parfaitement injuste. Quel chevalier tu fais !

— Crois-tu qu'après tes révélations j'aie envie de l'être ! Mais si tu me redonnes confiance, ajouta-t-il, alors ce sera différent… Ne dit-on pas que les plus forts sont souvent les plus…

— Je n'ai jamais demandé à aucun homme de se battre pour moi, l'interrompit-elle. Mais tu as raison, il t'écraserait impitoyablement !

— Je serais prêt à courir le risque si le jeu en valait la chandelle ! Je t'aime, Théa… Peut-être pas « passionnément » comme tu le dis, mais tellement sincèrement !

— Oh ! Gavin… s'exclama-t-elle, tu ne mérites pas une femme comme moi !

— Je ne sais pas ce que je mérite, je sais simplement ce que je veux… Tu sais, Highfields, ça ressemble un peu à Sculla, en plus petit bien sûr ; mais au moins, j'aurai l'avantage de vivre dans un pays civilisé…

— Parce que nous ne sommes pas civilisés ici ?

— Pas de la même manière. L'atmosphère est bizarre sur cette île, elle te ronge et t'empêche d'être toi-même. Ce nouveau travail me donne l'impression d'avoir une vue nouvelle sur le monde. Toi aussi, tu verrais autrement les choses. Pourquoi ne pas venir avec moi, t'en rendre compte par toi-même ? Comme cela, juste pour voir…

— J'y réfléchirai…

En rentrant chez elle, Théa apprit de la bouche de son père que la tante Thelma était en voyage et que de ce fait, elle ne pourrait se rendre à Exeter comme elle en avait eu l'intention. Théa s'aperçut soudain qu'ainsi, Dave ne pourrait pas mettre à exécution sa menace de venir tout raconter à John Ralston. Elle en fut rassurée et tellement soulagée que son père parut s'étonner de la façon dont elle prenait la nouvelle. Théa lui dit alors qu'il y avait une autre manière pour elle de s'en aller mais elle n'expliqua pas comment, d'autant plus que le Dr Ralston avait l'air sincèrement heureux du revirement de sa fille.

Sa mère ne fit aucune allusion à quoi que ce soit, elle se contentait de regarder sa fille d'un œil triste. Elle avait toujours beaucoup aimé Gavin et avait attendu avec impatience le jour où il rentrerait dans leur famille. Théa mourait d'envie de se confier à elle tout en sachant que c'était impossible. C'était à elle seule de porter son fardeau.

Le samedi matin, tandis qu'elle était en train de panser Lady, Claire, en bottes et culottes de cheval, vint jusqu'à elle. Elle montait l'étalon gris et, en riant, elle raconta à Théa que Gavin lui avait prêté une partie de l'équipement de sa mère.

— Il paraît que vous connaissez des endroits agréables pour se baigner, poursuivit-elle.

Et de mauvais aussi, songea Théa en se souvenant d'un certain week-end.

— La meilleure plage est sur la côte ouest de l'île. Mais si vous ne voulez pas aller trop loin, il y a une charmante petite crique, à quelques minutes d'ici. Vous prenez le chemin jusqu'à la maison de pierres grises, puis vous coupez à travers bois et là, vous arriverez juste dessus. Le sentier est un peu raide, mais si vous êtes prudente, il n'y a aucun danger.

— Pourquoi ne pas venir avec moi ? proposa-t-elle, nonchalamment adossée à la porte de l'écurie.

Les cheveux noirs tirés, noués par un catogan sur la nuque, donnaient à Claire une allure élégante mais aussi plus dure, plus arrogante.

— Dave vous a abandonnée ? demanda Théa à la légère.

— Il a un travail fou ce matin ! Mais il m'a promis qu'un peu plus tard, nous irions sur le continent nous distraire un peu. J'ai pensé que vous pourriez venir avec nous, ainsi que Gavin...

— C'est fini entre Gavin et moi, rétorqua Théa sans sourciller.

— Mais vous êtes encore amis ?

— Oui, mais...

— Il n'y a pas de mais !... Nous avons tous besoin de

sortir un peu de l'île. Je me demande comment vous survivez, ici... Il n'y a rien à faire !...

Si elle entendait une fois de plus la même phrase, Théa se dit qu'elle se mettrait à hurler...

— Nous avons des goûts simples, rétorqua-t-elle.

— Il le faut bien ! dit Claire avec une certaine acidité. Venez au moins nager...

— Moi aussi, j'ai un travail fou ! Il faut maintenant que je nettoie l'écurie.

— Tant pis ! Nous parlerons ici...

— Parler de quoi ? laissa tomber Théa, impassible.

— Pas de « quoi », de « qui » ! Dave a tellement changé que j'aimerais bien savoir ce qu'il lui est arrivé.

— Comme je ne le connaissais pas avant sa venue ici, je peux difficilement vous répondre !

— Oh ! si... Je pense même que vous êtes une des raisons de ce changement...

Elle s'approcha de Théa et lui enleva l'étrille des mains. Puis, d'un air impératif, elle déclara :

— S'il y a quelque chose entre vous et Dave, j'ai tout de même le droit de savoir !

— Vous devriez lui poser la question, suggéra Théa, mielleuse.

— Il ne me répondrait pas !

— Et vous croyez que moi, je vais le faire...

— Vous l'avez déjà fait ! lança-t-elle, glaciale. Depuis quand cela dure-t-il ?

Il ne servait à rien de nier, Théa savait qu'elle s'était trahie. Elle secoua la tête.

— Ce n'est pas ce que vous croyez...

— Vous voulez dire que votre liaison a été très courte ?

— Oui ! s'écria Théa fièrement.

— Alors, pourquoi tout... s'interrompit Claire, le visage soudain illuminé. Je comprends... Il est tombé dans votre piège... soupira-t-elle, résignée.

Théa ne comprenait plus rien et surtout pas la réaction de Claire à propos d'une chose aussi grave. Jamais elle n'aurait, elle, répondu d'une manière aussi désinvolte.

— Et cela ne vous fait aucun effet ? dit-elle enfin.

— Qu'il ait eu une aventure avec quelqu'un d'autre ? s'étonna Claire en haussant les épaules. Non, pas vraiment ! Ce qui m'ennuie, c'est que Dave a un sens aigu de l'honneur.

Claire s'approcha et fixa intensément Théa. A présent, la jeune fille saisissait mieux la situation : si Dave avait séduit Théa alors qu'elle était innocente et pure, il avait alors dû se croire responsable d'elle. Dave n'était pas homme à fuir son devoir.

Irritée par le regard scrutateur de Claire, Théa explosa :

— J'ai du travail ! Maintenant, laissez-moi !

— Cela explique tout... murmura l'autre, immobile.

— Expliquer quoi ? ne put s'empêcher de demander Théa.

— Son comportement. Je suis étonnée qu'il ne vous ait pas encore demandée en mariage, à moins que...

— Je ne veux pas l'épouser, quoi qu'il arrive ! Il est à vous, riposta Théa avec une surprenante fermeté.

— Il n'a jamais été à moi, rétorqua Claire, avec un sourire amer. Oui... j'aurais pu devenir sa femme si j'avais joué la bonne carte... Il me l'avait proposé, mais je ne voulais pas me marier tout de suite. Dave a des idées très rétrogrades à propos de la fidélité conjugale des épouses... Sans doute parce que sa mère n'en a jamais donné l'exemple. Alors, j'ai voulu réfléchir et maintenant que j'ai changé d'avis, il est trop tard...

— Absolument pas ! Je vous l'ai déjà dit, assura Théa tout en rangeant l'étrille sur une étagère.

— Vous n'avez pas l'air de comprendre ! s'exclama Claire, agacée. Il ne revient pas sur ce qu'il a décidé. S'il ne vous a pas encore demandée en mariage, je vous jure qu'il le fera !

— Je n'en veux pas ! cria Théa avec une telle force que la jument sursauta et tenta de rompre sa longe.

Elle s'efforça de calmer l'animal en le caressant longuement sur le nez, en lui parlant doucement à l'oreille.

Quand Lady se fut apaisée, elle la détacha et la chassa d'une tape vers le champ qui l'attendait.

Claire avait ouvert grand la porte pour laisser passer l'animal, puis elle la referma et déclara :

— Vous êtes beaucoup trop véhémente pour être honnête... Vous aimeriez beaucoup Natal, ajouta-t-elle mélancolique.

— J'aime mon pays et j'y resterai ! riposta Théa d'une voix sourde. Je regrette d'avoir parlé de tout cela avec vous, dit-elle encore en se passant la main dans les cheveux.

— Pourquoi donc ? Vous aviez besoin d'être écoutée, cela se voyait ! Mais retenez bien ce que je vais vous dire : vous pourriez trouver pire que Dave, croyez-moi ! Il vous donnerait tout ce qu'une femme peut désirer...

— Même l'amour ? lança Théa sans réfléchir.

Le regard de Claire se fit compréhensif.

— Dave pense que l'amour rend faible et aveugle, comme son père qui était le dernier à savoir quel genre de femme il avait épousé.

— C'est donc bien la raison pour laquelle vous avez tant hésité ? interrogea Théa après un long silence.

— Non, parce que je raisonne un peu comme lui. Il y avait d'autres facteurs qui entraient en jeu, ajouta-t-elle en grimaçant. En revanche, nous nous entendions bien dans certains domaines. Mais depuis, j'ai mûri et je me suis aperçue que je ne trouverai jamais un homme mieux que Dave. Hélas, je ne m'attendais pas à vous trouver là ! ajouta-t-elle sans beaucoup de tact.

— Je ne suis pas un obstacle, je ne l'épouserai pas !

— Alors, vous êtes idiote ! Vous pourriez tout obtenir de lui. Avec du temps et de la finesse, vous arriveriez même à le faire changer. De toute façon, il n'accepte jamais qu'on s'oppose à lui.

Théa prit un balai posé contre le mur et rouvrit la porte.

— Il ne peut pas m'obliger à quoi que ce soit, il va falloir qu'il s'en rende compte !

— Comme vous voulez... fit Claire en s'éloignant.

Une fois en selle, elle agita la main et déclara en guise d'adieu :

— Soyez sûre que je lui ferai part de votre message !

Théa espérait que Claire n'oserait pas relater leur conversation à Dave et pourtant, elle était consciente que cette dernière en était fort capable. Elle appréhendait sa réaction. Pourquoi avait-elle été aussi bavarde ? En revanche, ce qu'elle avait appris sur lui ne lui apportait rien de plus, bien au contraire. Puisque Claire et lui s'entendaient si bien, Théa était encore plus déterminée à ne pas s'immiscer entre eux deux.

Pour ne pas décevoir sa mère, elle accepta de l'accompagner à la réunion du samedi soir. Elle feignit la gaieté et l'entrain pour empêcher tout commentaire sur sa rupture avec Gavin. Tout le monde était désormais au courant du prochain départ du jeune homme, et le village s'était divisé en deux camps. D'un côté, se trouvaient ceux qui comprenaient ses raisons ; de l'autre, ceux qui prétendaient qu'il n'avait pas le droit d'abandonner l'île. Les premiers pensaient que Théa devait partir avec lui, les seconds applaudissaient son désir de demeurer à Sculla.

Lorsque l'heure du dîner vint mettre fin aux discussions qui commençaient à s'enflammer, Théa se sentit soulagée.

C'est alors que le révérend en profita pour lui confier son inquiétude à propos de l'homme qui allait devoir remplacer Gavin. Théa le rassura en lui annonçant le proche voyage de Dave à Londres pour y rencontrer d'éventuels candidats.

— Ce serait plutôt à lui, l'héritier de Sculla, de prendre la place, persista le pasteur en hochant la tête.

— Mais il a une maison à lui, il ne peut pas l'abandonner pour une île qui n'est tout de même pas le paradis, fit-elle en observant le visage débonnaire qui semblait dubitatif. Ne vous arrive-t-il jamais de vous sentir prisonnier, ici ?

— Prisonnier ? s'étonna-t-il en étudiant la question

d'un air sérieux, la tête penchée sur le côté. Non, pas du tout ! Peut-être au début, quand nous sommes arrivés, Mary et moi. Avant, j'étais dans une paroisse très différente, à Birmingham.

— Y retourneriez-vous si vous le pouviez ?

— Sûrement pas ! On voit bien que vous n'avez jamais vécu dans une ville industrielle. Au moins ici, à Sculla, les gens sont simples et leurs péchés aussi sont simples ! Pas de délinquance, pas de vols, pas de promiscuité…

Théa se sentit rougir si violemment qu'elle dut se détourner en hâte mais M. Conniston s'était éloigné pour accueillir Dave qui venait d'entrer. Elle esquiva son regard en plongeant son nez dans la tasse, et écouta leur conversation. Ils bavardèrent un instant puis M. Conniston s'éloigna, les laissant seuls. A voix basse, Dave déclara :

— Je dois vous parler, mais pas ici ! En privé !

Elle tenta de déchiffrer l'expression des yeux gris.

— Ne deviez-vous pas emmener Claire sur le continent ?

— Claire passe après, répliqua-t-il. Pour le moment, nous allons quelque part pour parler !

— Je ne le pense pas, non merci ! s'empressa-t-elle de dire en apercevant le visage inquiet de sa mère. Nous attirons déjà assez les regards, un scandale est inutile !

— En vous obligeant à venir de force, cela causerait un bien plus grand esclandre, gronda-t-il d'une voix basse mais sévère. Que choisissez-vous ?

— Pourquoi justement maintenant ? Nous avions toute la journée pour cela, bredouilla-t-elle désemparée.

— Claire vient de m'avouer qu'elle vous avait vue. Il n'est plus question d'attendre demain… trancha-t-il avec impatience. Faut-il que j'aille demander à votre père la permission de parler à sa fille ? Vous n'avez qu'à me suivre à la voiture, nous n'en bougerons pas !

Elle préféra céder plutôt que de continuer à discuter. En sortant, elle croisa son père et lui adressa un large sourire qui se voulait rassurant et qui surtout l'empêcherait d'avoir l'idée de la suivre. Elle devait résoudre ce problème seule.

Elle monta à l'avant du véhicule rangé derrière l'école et s'efforça de garder son sang-froid. Elle resterait, mais s'il la touchait, elle s'en irait !

Il s'installa à côté d'elle, sans un mot, en regardant droit devant lui.

— Vous avez bien bavardé, Claire et vous, ce matin !

— Il paraît que vous lui avez proposé de l'épouser, il n'y a pas si longtemps... souffla Théa qui sentit son cœur se serrer. C'est vrai que vous allez très bien ensemble !

— C'était une des raisons... fit-il calmement. Vous a-t-elle confié aussi que nos terres étaient mitoyennes ?

— Hmm... Ce qui signifierait un mariage d'argent... convint Théa le front barré d'une ride profonde.

— Pas vraiment, nous avons assez d'affinités pour en faire un mariage agréable. A dix-neuf ans, Claire a hérité d'un immense domaine quand ses parents sont morts dans un accident de voiture. Comme l'élevage ne l'inté-ressait pas beaucoup, c'est moi qui me suis occupé de ses terres. Mais elle n'a jamais voulu me les vendre et elle n'était pas sûre non plus de vouloir m'épouser lorsque je lui en ai parlé. C'est pourquoi je lui ai conseillé ce voyage, pour réfléchir, et c'est pourquoi aussi j'ai mis tant de temps à venir ici, poursuivit-il en se tournant vers Théa. J'espérais que Claire revienne avant mon départ de manière/à ce qu'elle m'accompagne en Europe. J'ignorais même où la joindre puisqu'elle voyageait sans arrêt. Pour finir, je lui ai écrit chez un de nos amis communs à Los Angeles mais je ne m'attendais pas du tout à ce qu'elle vienne ici.

— C'est dommage qu'elle ne l'ait pas fait plus tôt, constata Théa platement. Ce gâchis aurait pu être évité.

— Il aurait simplement été retardé, rectifia Dave. Quand je vous ai invitée à cette promenade, vendredi dernier, je voulais vous parler de Claire. Et la pluie...

— Etes-vous en train de me dire que vous vouliez alors déjà m'épouser, avant que... s'interrompit-elle.

— Avant que je ne perde la tête ! Oui, c'est cela ! Je devais connaître vos sentiments avant le retour de Gavin. Croyez-moi, murmura-t-il en souriant, c'est la vérité... Je savais depuis notre voyage à Penzance qu'il vous fallait quitter Gavin. Sur le *Molly*, la première fois que nous nous sommes vus, j'ai tout de suite compris que vous étiez comme endormie, que vous ignoriez tout de la vie, de ce qu'elle pouvait vous offrir en dehors de votre petite île. J'ai cru n'agir que pour votre bien mais j'ai alors découvert ce qui se passait en moi. J'avais tellement besoin de vous que je ne pouvais imaginer vivre un instant sans vous !

— Mais pourtant, Dave, vous ne croyez pas à l'amour, dit Théa d'une voix faible et tremblante.

— Je ne crois pas à la magie dont on l'entoure. Très souvent, c'est un mot dont on se sert pour masquer le désir. Oh ! Théa, je vous désire tant ! Marions-nous dans l'intimité, à Penzance et demeurons ici jusqu'à la fin de l'été. Ensuite, nous irons à Natal, j'ai tant de choses à vous montrer là-bas...

— Vous allez trop vite... Je ne peux pas... souffla-t-elle dans un murmure.

— Vous le pouvez ! s'écria-t-il en se penchant vers elle pour lui prendre le visage entre les mains.

Lentement, longuement, il l'embrassa.

— Vous le pouvez et vous allez le faire !

— Oui... dit-elle, comme hypnotisée, tout son corps tendu sous les caresses de Dave.

Il ne l'aimait peut-être pas comme une femme aurait rêvé d'être aimée mais il apprendrait, elle saurait lui apprendre. Claire ne l'avait-elle pas dit ?

Une pensée lui traversa l'esprit et elle se redressa. Ils n'allaient tout de même pas pouvoir vivre sous le même toit que Gavin... Elle venait juste de rompre...

Le visage de Dave prit une expression qui l'inquiéta et elle hésita avant de proposer.

— Attendons de quitter Sculla, ce serait tellement mieux...

— Pour qui ? demanda-t-il sèchement.

Mais elle ne répondit pas et Dave explosa.

— Je ne pourrai pas attendre des mois avant de vous prendre à nouveau dans mes bras, chuchota-t-il enfin d'une voix sourde.

— Moi non plus, je ne le pourrais pas, murmura-t-elle. Je voudrais simplement repousser notre mariage jusqu'à notre départ de Sculla. Est-ce trop demander ?

Quand il acquiesça d'un air résigné, Théa se blottit tout contre lui, bouleversée de joie et d'amour.

— Mais qu'allez-vous dire à Claire ? lança-t-elle soudain.

— Elle est au courant et elle part demain.

— Vous saviez donc que j'allais dire oui ?

— Je savais que je ne vous laisserais pas dire non ! dit-il avec gaieté. Je ne suis pas comme Gavin, je me bats pour obtenir ce que je désire !

Il rit encore et la serra très fort contre lui.

— A quelle heure vos parents doivent-ils rentrer ? demanda-t-il après un long moment de silence.

— Voulez-vous leur annoncer maintenant ? s'étonna-t-elle.

— Ne croyez-vous pas que le plus tôt serait le mieux ?

— Mais ils sont encore à la réunion...

— Si vous avez la clef, nous pourrions aller chez vous, pour les attendre.

— Les portes ne sont jamais fermées, ici...

— J'avais oublié ! Pas de crimes... Chez moi, là-bas, la vie est très différente, vous verrez...

Théa allait devoir se faire à l'idée de cette différence. C'était la seule solution pour garder Dave. Car ni elle ni personne ne le feraient rester à Sculla.

Dès qu'ils entrèrent chez elle, Théa se précipita vers le salon, suivie de Dave. Nerveuse, elle appréhendait le retour de ses parents et craignait surtout une démonstration trop violente de la passion de Dave. L'idée qu'ils puissent la trouver dans ses bras la terrorisait et elle s'agitait fébrilement jusqu'au moment où Dave, amusé, lança :

— Pour l'amour du Ciel ! Calmez-vous un instant. Venez vous asseoir à côté de moi. Je promets d'être très sage, bien qu'il m'en coûte, ajouta-t-il avec humour. J'aimerais seulement vous prendre dans mes bras...

Soulagée, elle alla se blottir contre lui avec délice. Elle avait confiance en l'avenir. Elle apprendrait à Dave ce qu'était l'amour. Ils étaient si bien lorsqu'ils étaient ensemble...

Les Ralston arrivèrent enfin vers onze heures. Dave se leva immédiatement, son bras entourant Théa et après les salutations d'usage ne perdit pas de temps à aborder le sujet.

— Nous allons nous marier, je voulais vous l'annoncer sans attendre...

— N'est-ce pas un peu soudain ? s'enquit John Ralston, les yeux rivés sur ceux de sa fille.

Elle rougit en percevant qu'il avait deviné quelque chose.

— Je suis désolée de vous causer cette émotion...

— Mais alors, tu vas partir ? s'exclama sa mère, d'une voix brisée.

— Pas avant deux ou trois mois, la rassura Dave. Et puis, entre l'Afrique et vous, il n'y a que quatorze heures de vol... Je prendrai bien soin d'elle, elle ne manquera de rien, affirma-t-il au père de Théa.

— Je l'espère bien ! Je suppose que nous devons accepter... fit-il, avec un sourire contraint. Alors, buvons un verre pour célébrer cette nouvelle !

— Non, merci, pas maintenant. Je vous laisse... Vous devez sûrement avoir des choses à dire à Théa.

Elle l'accompagna jusqu'à la grille pour oublier qu'elle allait devoir faire face à ses parents.

Une fois à la voiture, Dave déclara :

— Je ferai part de la nouvelle à Gavin moi-même. Et surtout, ne laissez pas votre mère vous culpabiliser ! Elle vous a eue pour elle toute seule pendant vingt-trois ans...

Il se pencha et l'embrassa en l'attirant contre lui.

— Comme j'aimerais vous emmener avec moi, tout de suite, pour toute la nuit !

Il se mit à rire doucement puis ajouta, la voix légèrement hésitante :

— Vous sentez-vous vraiment capable de faire équipe avec moi ?

— Avec un peu d'expérience...

Elle aurait voulu lui crier son amour mais ce n'était pas le moment. Chaque chose en son temps...

— Demain, j'emmène Claire à Penzance mais je serai de retour en début d'après-midi. Comme le bateau de Douglas est réparé, je pensais que nous pourrions passer une heure ou deux à son bord. Que diriez-vous de venir m'aider à le préparer pour sa prochaine sortie ?

Théa comprit qu'il avait trouvé le seul endroit où ils pourraient se rencontrer dans le secret le plus total. Elle eut l'image de leurs deux corps enlacés dans l'intimité d'une cabine et son cœur frissonna d'une douleur impatiente.

— J'y serai à trois heures !

— Je vous attendrai...

Il l'embrassa encore longuement avant de monter en voiture. Puis, par la vitre ouverte, il la regarda, un sourire aux lèvres.

— Plus de retour en arrière possible, Théa ! Vous êtes trop engagée maintenant...

Bien plus qu'il n'aurait pu le soupçonner, se dit-elle à part. Avec réticence et angoisse, elle fit lentement demi-tour pour rentrer chez elle.

11

Seul dans le salon, son père l'attendait, un verre de whisky à la main.

— Ta mère est montée, elle ne se sentait pas très bien. Il faut dire qu'elle a de quoi être contrariée... D'abord Gavin, puis maintenant ceci...

— Je suis navrée, dit Théa sincèrement. Je sais combien elle aimait Gavin.

— Oui, mais tu préfères Dave ! Je croyais qu'il ne se souciait pas de toi ?

— Moi aussi, jusqu'à ce soir, avoua-t-elle, incapable de soutenir le regard malheureux de son père. Il voulait mettre les choses au point avec Claire...

— Quand il a eu trouvé quelque chose de mieux ! Un homme aussi versatile peut encore changer d'avis... Quelle garantie te donne-t-il ?

— Aucune, admit-elle. Maman t'en avait-elle demandé une ?

— La question ne se posait pas, sourit-il faiblement. Ta mère était la première femme que je voulais épouser et je savais qu'elle serait la seule. Dave plaît aux femmes. Même s'il n'a pas envie de les séduire, ce sont elles qui le poursuivent. Te crois-tu capable de faire face à ce genre de rivalités ?

— Je l'aime, seul cela compte pour moi !

— Mais lui, t'aime-t-il ? Il y a tant d'hommes qui ne

font pas la différence entre le désir et l'amour... Un mariage fondé sur le désir n'est pas solide.

— Si c'est le cas, alors je lui apprendrai la différence, se défendit-elle avec force. Je vais l'épouser !

— Je ne peux pas t'en empêcher ! Mais réfléchis à tout ce que cela implique. Tu seras dans un pays lointain avec un mari que tu connais à peine. Si les choses vont mal, tu n'auras personne vers qui te tourner.

— Tout ira bien, insista Théa avec désespoir. Je t'en prie, n'ajoute plus rien...

— En effet, il n'y a plus rien à dire. Quand cela doit-il avoir lieu ? s'enquit-il d'une voix résignée.

— Pas avant que nous partions. Un mariage sur l'île est hors de question, tant que Gavin est ici !

— Je suis heureux de ta délicatesse... fit-il avant de s'interrompre pour l'observer. Si Dave n'était pas venu, tu serais encore heureuse avec Gavin. Si seulement Douglas n'était pas mort !...

Longtemps Théa avait pensé la même chose mais aujourd'hui, elle remerciait le destin de lui avoir fait connaître Dave avant son mariage avec Gavin. Ce dernier finirait bien par rencontrer quelqu'un qui lui donnerait ce que Dave lui avait donné. Alors, il la pardonnerait.

— De toute façon, je n'aurais pas passé ma vie entière à Sculla, déclara-t-elle doucement. Et puis, je reviendrai de temps en temps... Je suis consciente que pour le moment, j'aime Dave plus qu'il ne m'aime mais je pourrai y remédier, plus tard... Essaie de me comprendre, papa...

— J'essaie. Dave a vraiment beaucoup de chance... Une seule chose, Théa : sois prudente... rien que par égard pour ta mère. Plus d'émotions pour elle !...

— Je te le promets ! jura-t-elle, écarlate.

S'il le fallait, elle garderait son secret même après avoir quitté Sculla.

Dave n'était pas encore arrivé au bateau quand elle s'y rendit, le dimanche après-midi à trois heures.

Une heure plus tard, tandis qu'agenouillée sur le pont,

Théa astiquait vigoureusement les cuivres, il apparut enfin.

— J'ai dû attendre le train avec Claire. Elle m'a dit de vous dire qu'elle vous verrait dans un mois ou deux.

— Elle habitera toujours à côté de nous ? demanda Théa sans lever les yeux.

— Non, elle a enfin accepté de vendre ses terres.

Il attendit quelques secondes, puis se dirigea vers elle et la saisit par les épaules pour qu'elle se relève. Dans son tee-shirt de coton blanc, ses cheveux ébouriffés par le vent, il était tellement séduisant qu'elle sentit son cœur battre à tout rompre. Mais il aperçut l'ombre qui noyait son regard et lui demanda la raison de cette inquiétude. Elle secoua la tête pour ne pas devoir parler de sa mère, de son chagrin, de ses silences. Le visage levé, elle chercha en Dave la sérénité dont elle avait besoin.

— Avez-vous parlé à Gavin ?

— La nuit dernière. Il a bien pris la nouvelle et m'a fait jurer de vous rendre heureuse... Etes-vous heureuse, Théa ? s'enquit-il en souriant.

Elle se redressa d'un bond et les bras tendus vers lui, cria avec fougue :

— Oui, oui, oui, oui !...

Le regard de Dave s'embrasa soudain et sans un mot, il la souleva dans ses bras.

Dans la cabine sombre, Théa crut défaillir quand les lèvres de Dave se posèrent sur elle. Il l'embrassait avec passion, avec tendresse, de toute l'ardeur et la violence dont il était capable.

— Je suis le premier, murmura-t-il son visage enfoui dans ses boucles rousses, et je serai le dernier, le seul homme de votre vie... Vous m'entendez, Théa ?

— Oui, souffla-t-elle, ses mains caressant timidement le dos musclé. Je ne veux personne d'autre que vous...

Animés d'une même passion, ils explorèrent tous deux avec délices ce monde nouveau qui s'ouvrait à eux...

Beaucoup plus tard, au moment où ils allaient quitter le bateau, Dave déclara avec autorité :

143

— Je vous emmène à Londres avec moi mercredi ! Comme je n'ai que deux rendez-vous, nous aurons tout le temps voulu pour être ensemble. Je vais réserver une suite pour trois nuits et nous rentrerons samedi.

— C'est impossible, Dave, dit-elle lentement, avec un serrement de cœur. Il n'y a aucune raison pour que je fasse ce voyage avec vous, les gens vont jaser.

— Et alors ? rétorqua-t-il froidement. Quelle importance ?

— Avez-vous songé à ma mère ? Mon père est plus large d'esprit, mais elle...

Théa se tut en apercevant les traits de Dave se durcir. Désarmée, elle s'écria :

— Cela la tuerait !

— J'en serais surpris ! Les commérages peuvent nuire mais ils ne tuent pas ! J'ai déjà fait une concession par égard pour Gavin, ne comptez pas sur moi pour obtenir plus !

— Personne ne nous a vus venir ici, fit remarquer Théa dans un murmure.

Dave la fixa intensément et riposta :

— Et jusqu'à quand croyez-vous que nous pourrons garder ces rencontres secrètes ?

— Tout dépend de la fréquence de nos visites...

— Cela signifie-t-il que nous devrions nous restreindre ? gronda-t-il les dents serrées.

— Bien sûr que non ! Mais il faudrait peut-être que nous soyons plus... sages...

— Désolé, Théa ! trancha-t-il, les lèvres pincées. Mais je ne suis pas d'accord avec vous. Je ne vais pas modifier ma conduite pour contenter les gens de ce maudit village !

— En d'autres mots, je dois être là quand vous le désirez ou alors... explosa-t-elle. Moi aussi, je suis désolée mais je ne suis pas une poupée soumise à votre bon plaisir ! Si c'est cela que vous recherchez, adressez-vous ailleurs !

Un silence pesant s'éternisa entre eux. Théa, livide, consternée, le fixait sans mot dire. Comment avaient-ils réussi à détruire aussi vite l'harmonie qui régnait entre eux quelques instants auparavant ?

— Ce n'est pas ce que j'ai voulu dire, murmura-t-elle, frissonnant devant l'expression impénétrable de Dave. Je vous assure, je n'ai pas voulu...

— Pourquoi pas, au fond ? Vous avez tout à fait raison ! J'ai toujours eu l'intention de vous avoir à moi, un jour ou l'autre, jeta-t-il en lui lançant un regard sans aménité. Voulez-vous considérer que tout est fini ?

— Non ! gémit-elle. Dave, je...

— Alors, vous choisissez : soit vous venez avec moi mercredi, soit nous nous marions tout de suite sans nous soucier de l'opinion des autres. Que préférez-vous ?

— Ce n'est pas un choix, c'est un ultimatum... souffla-t-elle.

— En effet, c'est un ultimatum ! J'ai essayé de vous faire plaisir, maintenant, à vous de faire un effort !

Dave se leva brusquement, les deux mains glissées dans sa ceinture dans un geste déterminé.

— Je vous laisse jusqu'à demain pour y songer, ajouta-t-il enfin.

Théa aurait voulu le supplier de ne pas partir, pas comme cela. Elle venait de se heurter à une autre facette de son caractère, son côté impitoyable et dur qu'elle redoutait. Comme Janine Barrington avait eu raison ! Dave était un homme décidé... mais il était aussi tyrannique, pensa Théa avec désespoir.

Toute la soirée, Margaret Ralston eut l'air mélancolique et sombre et le temps s'écoula avec une lenteur exaspérante. Si la seule idée de perdre sa fille faisait réagir ainsi Margaret Ralston, alors que ferait-elle en apprenant la vérité, toute la vérité ? Théa, meurtrie, blessée, se perdit en mille conjectures. La façon dont Dave s'était comporté pendant l'après-midi la faisait douter de lui. Vivre avec un homme qui refusait de laisser la place aux sentiments était une chose, mais devoir subir son autorité serait impossible.

Toute la nuit, Théa tenta désespérément de trouver

une solution. Elle se leva très tôt sans être parvenue à résoudre son dilemme. Elle espérait simplement que Dave avait changé d'idée pour envisager enfin la situation avec plus de sérénité. Sinon... mais elle se sentait incapable de penser plus loin.

Gavin était déjà au travail lorsqu'elle arriva et il la félicita d'une voix hésitante.

— Je suppose que tu dois être contente, tu as finalement obtenu ce que tu désirais...

L'avait-elle vraiment obtenu ? se demanda-t-elle. Ou alors n'était-ce qu'un mirage qu'elle avait pris pour la réalité ? Elle le saurait quand elle verrait Dave.

Il ne vint qu'après dix heures, grand et mince dans un pantalon blanc et une chemise marron. Il ne fit pas un geste à l'adresse de Théa lorsqu'il s'assit sur le coin de son bureau, le visage impassible.

— J'ai besoin de parler à Théa en particulier. Cela ne vous dérange pas, Gavin ?

— Ai-je le choix ? répliqua le jeune homme avec une agressivité inhabituelle.

Théa attendit qu'il fût sorti pour lancer :

— Ai-je moi aussi le choix, Dave ?

— Le même qu'hier ! C'est l'une ou l'autre solution !

— Il y en a une troisième, rectifia-t-elle après un instant de réflexion. Nous pouvons rompre...

Il eut une moue méprisante.

— Pour quelqu'un qui se soucie de l'opinion publique, vous ne semblez pas très lucide ! Dans un mois, les ragots risquent d'aller bon train !

Théa n'avait plus songé un instant à ce qui risquait en effet d'arriver. Elle le considéra d'un œil hagard, sans pouvoir trouver le moyen de le contredire.

— En homme d'expérience, vous auriez peut-être pu réfléchir avant... Ou alors, peut-être vous en moquez-vous !

— Je ne peux pas dire que je serais désolé, reconnut-il. Il était temps que j'aie un fils, un héritier...

— Ce ne sera pas « votre » fils, si je refuse de vous

épouser! Vous ne pourrez pas toujours obtenir ce que vous désirez, Dave!

— Non, c'est vrai, acquiesça-t-il avec une douceur qui étonna Théa. Mais j'aurai tout de même quelque chose! Alors, venez-vous avec moi à Londres?

Théa se mordit la lèvre pour ne pas pleurer.

— Non, je n'accepte aucune des deux solutions! Je prends le risque, Dave, toute seule...

— Si c'est ce que vous voulez! jeta-t-il froidement. Bien, à présent, je demande à ma secrétaire de me retenir une chambre à l'hôtel *Connaught* pour trois nuits. Théa, précisez une chambre double. J'aurai peut-être besoin de consolation!

Avant qu'elle n'ait pu réagir, Dave était parti en claquant la porte derrière lui. Théa se cramponna à sa chaise pour ne pas courir après lui et lorsqu'elle parvint à retrouver son sang-froid, elle s'aperçut qu'elle s'était mordu la lèvre jusqu'au sang. En épousant un homme comme lui, elle passerait sa vie à poursuivre un semblant d'équilibre. Elle ne pourrait pas le supporter éternellement, et elle s'enfuirait où plus personne, même pas Dave, ne la retrouverait.

Vers qui pouvait-elle se tourner, à qui pouvait-elle demander conseil? Elle eut presque envie, soudain, de la présence de Claire, qui était la seule à pouvoir lui expliquer l'erreur qu'elle avait commise...

Quand elle rentra chez elle, il tombait une petite pluie fine qui allait rendre les routes glissantes. Sa mère était à la cuisine et dans un geste de tendresse impulsif, Théa l'entoura de ses bras pour poser sa joue sur son épaule. Mais Margaret Ralston ne bougea pas et impuissante à la consoler, Théa s'éloigna, le cœur lourd.

Avant la fin du dîner, la brume avait cessé mais le temps était trop humide et couvert pour emmener Lady en promenade. Elle se décida alors pour un bain chaud qui la détendrait et lui ferait oublier son amertume et sa détresse. Théa avait à peine vu Dave de la journée, il n'avait même pas assisté au déjeuner à Whirlow. En ce qui le concernait, Théa avait fait son choix, il n'en discuterait plus.

Elle tenta de prendre du recul pour réfléchir à tout ce qui s'était passé et découvrit des détails qu'elle avait refusé de voir. C'était elle qui n'avait pas voulu d'un mariage précipité, et pourquoi ? A cause des gens... Dave lui avait accordé ce délai et elle avait encore exigé autre chose, d'attendre qu'elle veuille bien, de nouveau, se donner à lui... Dave était sans doute un peu trop sûr de lui-même, mais l'orgueil avait joué une grande part dans leurs sentiments respectifs. Si quelque chose pouvait encore être sauvé, l'un d'entre eux deux allait devoir faire le premier pas. L'aimait-elle assez pour pouvoir accomplir ce geste ?

Oui, Théa en était sûre. Elle ne pouvait plus envisager la vie sans lui. Il était à peine neuf heures et elle décida d'aller le voir pour le lui dire. Même si son amour à lui était différent.

Théa s'habillait lorsque le téléphone sonna. Elle se figea, saisie d'un sombre pressentiment. Quand elle reconnut les pas précipités de son père dans l'escalier, elle supposa qu'elle ne s'était pas trompée. Il frappa à sa porte et elle ouvrit, le visage décomposé.

— Dave vient d'avoir un accident de voiture. Il a dérapé sur la route et a heurté l'un des piliers de la grille. C'est tout ce que je sais... Viens avec moi...

Elle le suivit, engourdie, la tête vide. Dave ne pouvait pas être mort, non, c'était impossible, son instinct l'aurait avertie...

A Whirlow, ils virent un petit groupe qui s'était agglutiné autour du véhicule dont seule une aile était enfoncée.

Mais Dave, lui, était allongé dans l'herbe, sur un plaid. Il n'avait pas repris connaissance et sur sa tempe, Théa distingua une marque sombre. Elle observa son père qui l'examinait, le regarda passer les mains sur les membres et le thorax pour y déceler d'éventuelles fractures. Puis il fit signe aux hommes qui l'entouraient et chacun prit un coin de la couverture pour soulever Dave et l'emmener à l'intérieur.

Au moment précis où elle se releva, Théa aperçut Gavin, immobile, les bras ballants. Il semblait affolé.

— Je suis désolé, murmura-t-il quand il remarqua la pâleur de la jeune fille. Je ne savais pas ce qu'il fallait faire, mais ça va aller... Il va se remettre, Théa...

Pourvu qu'il n'y ait pas de fractures, songea-t-elle. Pour qu'il demeure inconscient aussi longtemps, le choc avait dû être très violent. Elle marcha à côté des hommes qui le portaient et guetta sur son visage le moindre signe de son réveil. Mais il ne bougeait pas, inerte, blanc comme un mort.

Quand on eut déposé Dave sur son lit, le père de Théa demanda à tout le monde de s'en aller, même elle. Elle refusa. M. Ralston lui dit alors qu'il allait peut-être falloir faire des radios. Dave était évanoui depuis plus d'une demi-heure et ce n'était pas bon signe. Il évoqua la possibilité d'une commotion cérébrale.

— Je ne peux pas me prononcer tant qu'il n'a pas repris connaissance. En attendant, essayons au moins de le soulager. Enlève-lui ses chaussures... s'il te plaît.

Théa ôta les souliers de cuir brun et fit glisser ensuite les chaussettes mais quand son père lui conseilla de se détourner tandis qu'il défaisait difficilement le pantalon, elle resta près du lit. Ensemble, ils recouvrirent Dave de couvertures. Si seulement il pouvait bouger ou même gémir, se dit Théa en ne le quittant pas des yeux, au lieu d'être là, immobile, sans vie à part la respiration régulière qui soulevait doucement sa poitrine. Il était difficile de voir si, sous sa peau hâlée, les couleurs revenaient. Timidement, Théa avança la main qu'elle appuya tendrement sur sa joue en espérant qu'enfin il ouvre les yeux et la reconnaisse.

— Tu l'aimes beaucoup, n'est-ce pas ? lui demanda son père d'une voix sourde et émue.

— Oui, répondit-elle sans le regarder. Je l'aime tellement que j'en ai mal...

— Je comprends... Tu m'as dit, la nuit dernière, poursuivit-il après un instant d'hésitation, que ses sentiments pour toi étaient moins forts que les tiens. Penses-tu que tu seras capable de vivre avec lui en sachant cela ?

— Je peux vivre n'importe comment pourvu que Dave soit là ! Oh papa ! J'ai été si sotte ! Nous nous sommes disputés aujourd'hui parce que je me souciais plus de l'opinion publique que de ce qu'il voulait... Quel entêtement stupide... S'il veut toujours de moi, quand il aura repris conscience, je l'épouserai quand il le voudra... Je regrette infiniment de soumettre maman et Gavin aux critiques, mais Dave passe en premier... affirma-t-elle en posant sur son père un regard droit et franc.

— Ta mère s'en remettra... et Gavin aussi. Toutefois, je ne peux pas dire que j'apprécie votre hâte. Dave aurait pu réfléchir mais je sais aussi combien il est parfois difficile de résister... Je...

Il s'interrompit, retenant son souffle, tout entier attentif à son malade.

— Ses paupières viennent de bouger un peu...

Quelques secondes plus tard, Dave ouvrait lentement les yeux. Son regard resta vide jusqu'au moment où il aperçut Théa.

— Bonjour... dit-il faiblement. J'avais bien l'impression d'entendre votre voix, mais elle semblait si loin... Que s'est-il passé ? marmonna-t-il.

— La voiture a dérapé et votre tête a heurté quelque chose, répondit-elle en lui tenant toujours la main. Je t'aime, Dave ! J'aurais voulu mourir si tu avais été tué !

— Je vous laisse, déclara son père en se levant. Mais pas pour longtemps, car il va falloir que j'ausculte encore Dave. Vous avez sans doute une commotion.

— Je le sens bien ! grimaça-t-il sans cesser de fixer Théa. Merci John !

Dès que son père fut sorti, Théa se pencha vers Dave et embrassa très doucement sa bouche, laissant enfin libre cours à son soulagement.

— J'ai cru vous perdre, j'ai vraiment cru vous perdre...

— Pas de risque, déclara-t-il avec peine tandis qu'il lui serrait la main d'un geste presque fort. Je vous ai entendue parler avec votre père. Etiez-vous sincère ?

— Oui, Dave. Je vais même vous le répéter.

Elle s'exprimait avec fermeté mais il perçut un léger tremblement dans sa voix.

— Je lui ai dit que j'étais sotte de me soucier autant des autres et je vous épouserai dès que vous le déciderez. Si vous voulez toujours de moi...

— Il y avait autre chose, insista-t-il, les yeux clos comme pour mieux retrouver ses souvenirs. Oui, c'est cela... Je me rappelle... Vous avez ajouté que vos sentiments étaient plus forts que les miens. Qu'avez-vous voulu signifier exactement ?

— Mes mots parlent d'eux-mêmes... Contrairement à moi, vous ne croyez pas en l'amour. Pour vous, cela se résume à un désir physique. En réalité, vous avez peur de laisser vos sentiments s'épanouir par crainte de devenir vulnérable, ainsi que votre père l'était.

Une ombre assombrit ses yeux gris.

— Expliquez-moi ce que vous ressentez ! Dites-moi quelle est la différence.

— En profondeur, répondit-elle. Même si nous ne nous touchions plus jamais, je vous aimerais toujours de la même façon.

— Menteuse ! protesta-t-il, un large sourire errant sur les lèvres. Vous en avez autant besoin que moi !

— Parce que vous me l'avez montré...

— La vraie Théa Ralston, chuchota-t-il d'une voix rauque emplie de tendresse. Froide, calme en apparence, mais passionnée dans mes bras... Venez près de moi !

— Ce n'est pas sage ! Vous avez reçu un choc et il est impératif que vous vous reposiez dans le calme.

— Justement, je ne vais pas pouvoir le faire si vous ne venez pas près de moi ! J'aime que les femmes m'obéissent ! ajouta-t-il pour la taquiner.

— Je le sais, et nous en parlerons plus tard, quand vous irez mieux.

— Je vais très bien, protesta-t-il en l'attirant contre lui.

Une main sur sa nuque, il la serrait dans une étreinte pleine de tendresse. Théa avait posé sa joue juste à l'endroit de son cœur.

— Oh! Mon Dieu! Qu'ai-je donc fait pour vous mériter? murmura-t-il d'une voix si basse qu'elle put à peine l'entendre. Je n'aurais jamais supporté de vous perdre.

Elle se tut, incapable de parler. Dave la contempla pensivement…

— Toute ma vie, poursuivit-il, j'ai cru que les femmes étaient comme ma mère et c'est pour cela que je les traitais comme telles. Mon père l'a aimée sans jamais savoir ce qu'elle était vraiment et cela, jusqu'au bout. J'avais douze ans quand elle est partie, un âge où un enfant comprend ce qui se passe et auquel on se forge une opinion, que mon père m'a ensuite confirmée.

— Il n'en avait pas le droit, murmura Théa en relevant la tête. Il devait garder sa rancœur pour lui-même. Il est tout autant fautif que votre mère.

— Oui, mais maintenant, je ne raisonne plus comme cela! Vous êtes là, et j'ai changé d'idée. J'ai besoin de vous, Théa! Pas seulement de vous physiquement mais de tout ce qui est vous! C'est ce que je venais vous avouer quand j'ai eu cet accident. La toute première fois que je vous ai vue, j'ai cru qu'un feu s'allumait en moi pour me consumer tout entier. Est-ce cela l'amour?

— Cela y ressemble…

Elle le vit soupirer et crut l'entendre gémir.

— Avez-vous très mal à la tête?

— Affreusement, mais je m'en moque! dit-il en s'efforçant de sourire. Dès que cela sera possible, nous nous marierons, même si Gavin n'est pas très heureux. Il oubliera vite… Je veux que vous soyez avec moi à

Whirlow les prochaines semaines... jour et nuit. Surtout les nuits... Je n'ai pas beaucoup dormi ces temps-ci...

— Moi non plus, avoua-t-elle. Si vous voulez, j'irai à Londres avec vous.

— Non, souffla-t-il tout en grimaçant de douleur. Votre mère a eu bien assez d'émotions... Je serai de retour vendredi, et samedi je vous épouserai ! Tant pis pour le mariage traditionnel... Quant à la lune de miel, il faudra attendre un peu aussi. Mais dès que tout sera arrangé, je vous promets de vous emmener où vous le voudrez.

— Tant que vous êtes avec moi, le reste n'a guère d'importance, déclara Théa. Maintenant, il faut être sage. Je vais appeler mon père. Vous avez besoin d'encore un peu de soins.

— Je ne veux pas que vous partiez, restez, restez près de moi...

— J'y serai, promit-elle, pour toujours.

Pour l'éternité, murmura-t-elle, radieuse, en se dirigeant vers la porte.

LE CANCER

(21 juin - 22 juillet)

Signe d'eau dominé par la Lune : Emotions.

Pierre : Pierre de Lune.
Métal : Argent.
Mot clé : Rêve.
Caractéristique : Double vue.

Qualités : Sensibilité, dons artistiques, aime la nuit. Idéaliste et romantique.

Il lui dira : « Je crois, j'espère, je vous adore. »

CANCER

(22 juin - 22 juillet)

Théa a-t-elle jamais songé à quitter l'île de Sculla où elle mène une vie paisible ? Non, bien sûr.

Celle qui naît sous le signe du Cancer aspire avant tout à la tranquillité tant matérielle que d'esprit, et sa nature plus flâneuse que voyageuse l'incite à rester des heures oisive et mélancolique, à lire un roman ou, plongée dans la méditation, à contempler un paysage. Aussi toute intrusion dans cette routine confortable est-elle très mal venue !

NE MANQUEZ PAS CES DERNIERS TITRES DANS *Harlequin Romantique*

229 EN REVANT DE MAUD de Janet Dailey
Maud a connu des situations où elle a eu à souffrir de la discrimination des sexes, mais jamais dans l'équipe de télévision où, seule femme et bonne camarade, elle travaille avec plusieurs hommes. Mais Dane Kingston va changer tout cela…

230 LE MANOIR DE BEAULIEU d'Yvonne Whittal
Pour Mélanie et sa grand-mère, la situation est critique : leur maison chérie a été donnée en gage à James Kerr, un riche industriel. Celui-ci propose une solution. Il leur rendra la maison si Mélanie se donne à lui !

231 MAIS COMMENT OUBLIER ? de Sally Wentworth
Au moment de partir en lune de miel avec l'homme qu'elle adore, Kate, la belle mannequin, surprend une conversation qui va changer le cours de sa vie. Epouvantée elle s'enfuit, loin de Hugo, aux îles Baléares…

232 ENTRE MER ET FLAMMES de Jean S. MacLeod
La tante d'Andrina l'invite à faire un petit séjour dans son hôtel aux Caraïbes. Tant mieux, car Andrina essayait en vain d'oublier un récent chagrin d'amour. Mais d'autres ennuis l'attendent en la personne de Howard Prentice…

233 SANS ATTENDRE d'Elizabeth Graham
Invitée par la meilleure amie de sa mère dans un ranch en Colombie Britannique, Deborah s'y rend avec plaisir. Elle a hâte de connaître Luke Watson, fils de son hôtesse. Mais Luke lui réserve un accueil…des plus désagréables !

234 QU'IMPORTE DEMAIN ? de Pamela Pope
Quand Jessica, son 'bras droit', lui fait faux bond, Ryan Donalson, grand metteur en scène n'hésite pas—il ordonne à Hanna, sa secrétaire, de l'accompagner en tournage dans le Mississippi. Quelle chance pour Hanna, dites-vous ?

235 PERDUS DANS LA FORET de Mary Wibberley
Le père de Tamsin a bien compris sa fille. Il sait qu'elle ne pourra refuser d'aller s'occuper de deux enfants malheureux dans le Yorkshire. Mais n'a-t-il pas oublié de la prévenir au sujet de Blaise Torran, chargé de la seconder ?

236 LA DANSE DU SERPENT d'Yvonne Whittal
Strictement professionnelles, voilà ce que seront ses relations avec le Dr. Mark Trafford, se dit la jeune doctoresse Jessica Neal. Malheureusement, l'impossible Dr Trafford ne partage pas son avis…

Découpez et retournez à: Service des livres Harlequin
649 rue Ontario , Stratford, Ontario N5A 6W2

Certificat de cadeau gratuit

OUI, envoyez-moi le ROMAN GRATUIT "AUX JARDINS DE L'ALKABIR" de la Collection **HARLEQUIN SEDUCTION** sans obligation de ma part. Si après l'avoir lu, je ne désire pas en recevoir d'autres, il me suffira de vous en faire part. Néanmoins je garderai ce livre gratuit. Si ce livre me plaît, je n'aurai rien à faire et je recevrai chaque mois, deux nouveaux romans **HARLEQUIN SEDUCTION** au prix total de 6,50$ sans frais de port ni de manutention. Il est entendu que je peux annuler à n'importe quel moment en vous prévenant par lettre et que ce premier roman est à moi GRATUITEMENT et sans aucune obligation.

NOM _____
           (EN MAJUSCULES, S.V.P.)

ADRESSE_____ APP._____

VILLE _____ PROV. ____ CODE POSTAL ☐☐☐ ☐☐☐

SIGNATURE_____
                        (Si vous n'avez pas 18 ans, la signature
                        d'un parent ou gardien est nécessaire.)

394-BPD-6ABP

Cette offre n'est pas valable pour les personnes déjà abonnées. Prix sujet à changement sans préavis. Nous nous réservons le droit de limiter les envois gratuits à 1 par foyer. Offre valable jusqu'au 30 juin 1984.

Collection Harlequin

Recevez chez vous 6 nouveaux livres chaque mois—et les 4 premiers sont gratuits!

En vous abonnant à la Collection Harlequin, vous êtes assurée de ne manquer aucun nouveau titre! Les 4 premiers sont gratuits—et nous vous enverrons, chaque mois suivant, six nouveaux romans d'amour.
Mais vous ne vous engagez à rien: vous pouvez annuler votre abonnement à tout moment, quel que soit le nombre de volumes que vous aurez achetés. Et, même si vous n'en achetez pas un seul, vous pourrez conserver vos 4 livres gratuits!